Sar(
Illustr

Clémentine et la lettre secrète

RAGEOT

*Pour mes enfants, Hilly et Caleb, qui ont ouvert leur cœur
pour que celui de Clémentine puisse battre.
S. P.*

*Et de trois clémentines pour mon grand frère, Mark Frazee,
le gourou défenseur des fruits et légumes frais.
M. F.*

Cet ouvrage a été imprimé sur un papier
issu de forêts gérées durablement,
de sources contrôlées.

Cet ouvrage a été publié aux États-Unis et au Canada
par Disney - Hyperion Books, une marque
du Disney Book Group,
sous le titre *Clementine's Letter*.

Texte © 2008, Sara Pennypacker.
Illustrations © 2008, Marla Frazee.

Cette traduction est publiée avec l'accord
de Disney - Hyperion Books, une marque
du Disney Book Group.

Traduction : Ariane Bataille.
Couverture : Marla Frazee.

ISBN : 978-2-7002-3935-5
ISSN : 1951-5758

© RAGEOT-ÉDITEUR, pour la version française – PARIS, 2013.
Loi n° 49-956 du 16-07-1949 sur les publications
destinées à la jeunesse.

LUNDI

Le concours des aventuriers

– Je jure allégeance au drapeau des États-Unis[1] et... aïe !

On se donne beaucoup de petites tapes dans ma classe de CE2. Celle que je venais de recevoir sur l'épaule était signée Norris-Boris-Morris, qui m'a dit tout bas :

– Et Horace ? Pourquoi tu ne m'appellerais pas Horace ?

– Je vais réfléchir, ai-je murmuré.

En réalité, Norris-Boris-Morris s'appelle Norris tout court. Mais au début de l'année, comme je n'arrivais pas à me rappeler son prénom, j'en utilisais trois à la fois. L'idée lui a tellement plu qu'il veut que j'en ajoute un quatrième. La semaine dernière, il a proposé Glorris. J'ai refusé. Ça n'est même pas un vrai prénom !

Après le serment d'allégeance, ma décision était prise :

– Entendu, Norris-Boris-Morris-Horace.

1. Dans les écoles américaines, les élèves se rassemblent tous les jours pour l'appel et pour le Serment au Drapeau, par lequel ils jurent fidélité et loyauté aux États-Unis d'Amérique.

Le maître s'est tiré l'oreille pour attirer mon attention. C'est notre code secret pour me signaler qu'il faut Écouter. Je l'ai donc écouté, même s'il n'avait rien de plus passionnant à raconter que :

— Levez la main si vous êtes absent.

Du moins je crois que c'est ce qu'il a dit...

Ou encore :

— Qui a apporté de l'argent pour acheter du lait[1] ?

Mais, juste après, c'est devenu très intéressant.

— Clémentine, tu veux bien aller demander à madame Pain de nous rejoindre ?

Chaque fois que le maître a besoin de transmettre un message à la directrice, il s'adresse à moi. Parce que je suis une élève très responsable.

Bon, d'accord, c'est aussi parce qu'on m'envoie tellement souvent dans le bureau de la directrice que je serais capable de m'y rendre les yeux fermés.

---

1. Beaucoup d'enfants américains apportent une petite somme d'argent à l'école pour s'acheter du lait frais à l'heure du déjeuner.

Une fois d'ailleurs, j'ai essayé. Incroyable le nombre de bleus qu'on peut récolter en se cognant contre une simple fontaine à eau.

Dès que je suis entrée dans son bureau, Mme Pain a tendu la main pour prendre le mot du maître expliquant la bêtise que j'avais faite.

– Eh non, pas de petite discussion aujourd'hui ! ai-je lancé. Je suis juste venue vous chercher pour vous emmener dans notre classe.

– Mais oui, bien sûr ! s'est-elle exclamée. C'est l'heure.

Tandis que nous longions le couloir, je lui ai rappelé que vendredi non plus nous n'avions pas eu de petite discussion toutes les deux.

– Je vous ai manqué ? ai-je demandé. D'après le maître, vendredi est à marquer d'une pierre blanche car je commence à m'habituer aux règles du CE2.

– J'ai effectivement remarqué que tu n'étais pas venue, Clémentine. Il paraît que tu as passé une semaine exceptionnelle. Félicitations. Ton maître m'a dit que le courant passait entre vous.

– Le courant électrique ?

– Non. Cette expression signifie que vous travaillez bien ensemble. Que vous vous comprenez.

Lorsqu'on est arrivées dans la classe, le maître a repris sa place derrière son bureau et laissé la parole à Mme Pain, parce que c'est sa chef. Mais il souriait. Mme Pain souriait elle aussi lorsqu'elle a déclaré :

– Les enfants, j'ai une grande nouvelle à vous annoncer.

J'ai vraiment cru qu'il s'agissait d'une bonne nouvelle.

– Comme vous le savez sûrement, a repris Mme Pain, votre maître se passionne pour l'Égypte ancienne.

Ça, pour le savoir, on le savait. Des dessins de momies, de sphinx et de pyramides étaient éparpillés partout dans la classe et depuis un mois, toutes les leçons tournaient autour de l'Égypte.

Ce qui me plaisait beaucoup, d'ailleurs.

L'année dernière, j'avais une maîtresse dingue de la Vie d'Autrefois au Far West. Seules les activités d'intérieur l'intéressaient, comme la confection de bonnets ou de galettes de maïs. Moi j'aurais préféré les activités de plein air : attraper des bisons au lasso, chercher de l'or, capturer des hors-la-loi en train de boire une bière au saloon. Mais il n'en était pas question : on restait assis toute la journée avec nos bonnets et nos galettes de maïs. L'or, les bisons et les hors-la-loi n'intéressaient pas la maîtresse. L'année scolaire avait été tellement ennuyeuse que, rien que d'y penser, j'avais envie de dormir.

Mais je me suis forcée à rester éveillée car j'étais très curieuse de connaître la bonne nouvelle promise par la directrice.

Celle-ci a poursuivi :
– Lorsque j'ai appris que, cette année, l'association des Enseignants Aventuriers mettait sur pied un chantier de fouilles archéologiques en Égypte, j'y ai inscrit votre maître.

Mme Pain paraissait très fière d'elle, je ne comprenais pas pourquoi.

– Nous avons reçu le résultat des sélections ce week-end et j'ai le grand plaisir de vous annoncer que monsieur Itiot figure parmi les finalistes !

Quand elle a prononcé le nom du maître, tous les élèves ont retenu leur respiration. Parce que « Itiot » est presque une insulte si on met un « d » à la place du premier « t ».

Le jour de la rentrée des classes, j'ai fait un tel effort pour ne pas me tromper que ma langue a fourché. Je n'invente rien.

À la récréation, je suis allée m'excuser auprès du maître en lui expliquant que j'avais tellement peur de me tromper que je m'étais bel et bien trompée. M. Itiot m'a répondu qu'il était inévitable que cela se produise un jour ou l'autre.

Depuis ce jour, tous les élèves l'appellent « Maître ». C'est moins risqué.

Mme Pain ne craignait sans doute pas de prononcer son nom de travers, elle. Elle devait se dire : « Si on m'envoie dans le bureau de la directrice, ce n'est pas grave puisque c'est mon bureau ! »

– Monsieur Itiot nous quittera donc après le déjeuner, a repris Mme Pain. Il doit passer la semaine avec le comité organisateur des Enseignants Aventuriers. Mais nous le reverrons vendredi à l'hôtel de ville lors de la cérémonie où sera désigné le vainqueur. S'il est sélectionné, monsieur Itiot s'envolera pour l'Égypte et participera à cette grande aventure.

Comme on a tous à nouveau retenu notre respiration quand elle a prononcé son nom, j'ai failli manquer la suite, mais je l'ai quand même entendue déclarer :
– Il sera absent jusqu'à la fin de l'année.
Mme Pain a poursuivi son discours, mais mes oreilles n'entendaient plus rien à part cette phrase qui se répétait en boucle : « Il sera absent jusqu'à la fin de l'année. »

J'ai regardé le maître. Je pensais qu'il allait bondir sur ses pieds en protestant :

– Ah non, désolé, madame Pain. Je ne peux pas m'absenter. Le jour où j'ai fait la connaissance de mes élèves, je leur ai dit : « Cette année, c'est moi votre maître ». Je dois respecter ma promesse.

Mais il n'a pas protesté. Il continuait de sourire à la directrice ! Et elle, d'une voix si forte qu'on aurait cru qu'elle parlait en lettres majuscules, insistait encore :

– Quelle Opportunité Extraordinaire ! Nous sommes fiers de monsieur Itiot.

Tous les élèves ont applaudi.

Sauf moi.

À mon avis, il n'y a aucune raison d'être fier de quelqu'un qui ne tient pas sa parole.

LUNDI

Un porte-bonheur pour le maître

Lorsqu'on s'est rangés pour aller déjeuner, le maître a lancé :
– Au revoir ! À vendredi !
Et tous les élèves ont répondu :
– Au revoir ! À vendredi !
Sauf moi. Ma bouche a articulé les mots mais ma voix ne fonctionnait plus.

Je crois que mes pieds, eux non plus, ne fonctionnaient plus. Ils refusaient d'avancer. Tous les élèves étaient partis et j'étais encore plantée devant la porte.

– Tu vas bien, Clémentine ? s'est inquiété le maître.

– Oui, oui.

Mais comme ma voix ne fonctionnait plus très bien, le son qui s'est échappé de ma bouche ressemblait à s'y méprendre à un « Non ! ».

– Non ? a répété le maître. Tu veux me dire ce qui ne va pas ?

– Pourquoi vous ne nous avez pas prévenus ? Pourquoi, vendredi dernier, vous nous avez dit : « À la semaine prochaine » ?

– Je n'étais pas encore au courant. Madame Pain m'a inscrit sans m'en avertir. C'est la règle.

– Et tout ce qu'on devait faire ensemble cette année, alors ? Le Bingo des Fractions ? Notre projet Météo du Monde ? L'Ami de la Semaine ?

– Je laisse mes instructions à ma remplaçante. Vous ferez tout cela avec elle.

– Vous nous aviez promis qu'on le ferait *ensemble*.

– Vous n'avez pas besoin de moi.

– Mais vous avez dit que je commençais à m'habituer aux règles du CE2, non ? Et que le courant électrique passait entre nous ?

M. Itiot s'est appuyé contre le dossier de sa chaise.

– Oh, je vois. Il me semble en effet que tu t'es habituée petit à petit aux règles du CE2, Clémentine. Tu réussiras avec n'importe quel professeur, à mon avis.

Je lui ai jeté mon regard « J'ai déjà entendu cette blague et elle n'est absolument pas drôle ».

– Je t'assure, a-t-il insisté. Mon travail consiste aussi à repérer si les élèves sont prêts ou non pour passer à l'étape suivante. Tu te souviens de l'histoire de la maman oiseau et de ses oisillons ?

Bien sûr que je m'en souvenais, c'était son histoire préférée. Chaque fois qu'il commençait à la raconter, les élèves échangeaient un coup d'œil complice et faisaient en douce une grimace, l'air de dire : « C'est reparti pour un tour ! » Comme j'étais toute seule, je me suis fait à moi-même une grimace intérieure dès qu'il a commencé.

– La maman oiseau pond ses œufs et en prend soin. Elle les couve jusqu'à ce qu'ils éclosent. Ensuite, elle nourrit ses bébés dans le nid et les protège du froid.

Tout le monde connaît cette partie de l'histoire – c'est la plus sympathique. La fin, elle, l'est beaucoup moins.

— Et puis, a continué le maître, quand ses petits ont pris l'habitude de quitter le nid et de rester posés sur la branche, tu sais ce que fait la maman oiseau ?

— Oui, je sais, ai-je grommelé. Vlan ! Sans les prévenir, elle les éjecte de la branche. Il devrait y avoir une prison pour les mamans oiseaux dans son genre.

— Mais elle est obligée d'agir ainsi, a protesté le maître. Si elle ne les pousse pas hors du nid, ils ne réaliseront jamais qu'ils sont capables de voler. Elle sait quand ses petits sont prêts, bien sûr.

– Possible, mais je trouve qu'elle exagère. Elle devrait leur dire : « Hé, les enfants, quand vous aurez envie de voler, vous n'aurez qu'à battre des ailes comme ça. » Et ils auraient le droit de répondre : « Pas aujourd'hui, merci. »

– C'est ce que tu as envie de répondre quand on t'annonce que je vais peut-être partir ? « Pas aujourd'hui, merci » ?

J'ai regardé par la fenêtre en pinçant les lèvres pour les empêcher de répliquer :

– Non, j'ai plutôt envie de répondre : « Pas cette année, merci. »

M. Itiot a poussé un soupir et a désigné la boîte contenant mon déjeuner.

– Va vite à la cafétéria avant que l'heure du repas soit passée. À ton retour, ma remplaçante, madame Nagel, sera là. Je crois que tu te sentiras beaucoup mieux après l'avoir rencontrée.

Effectivement, quand on est revenus en classe, une dame vêtue d'une robe verte était assise sur la chaise de mon maître. Elle vidait, sur son bureau, le contenu d'un gros sac.

Je me suis approchée pour l'observer.

Elle a posé un mug « J'♥ MA CLASSE » juste à l'endroit où mon maître mettait d'habitude son mug « LE MAÎTRE DU THÉ ».

❦ Puis un paquet d'autocollants : « TU ES UNE STAR ! »

❦ Une boîte de mouchoirs décorée de boutons et de coquillages collés.

❦ La photo encadrée d'un rat rose enveloppé d'une couverture bleue.

Minute ! J'ai soulevé la photo pour l'examiner de plus près. La queue et les pattes de l'animal étaient cachées sous le tissu et on avait du mal à distinguer ses moustaches, pourtant pas de doute : c'était bien un rat rose dans une couverture bleue. Cette remplaçante ne serait peut-être pas si mal que ça, après tout.

En récupérant la photo, elle m'a demandé mon prénom. Je le lui ai dit.

– Eh bien, Clémentine, ne devrais-tu pas être déjà assise à ta table ?

– Pas encore, lui ai-je signalé. Notre maître nous laisse libres jusqu'à midi et demi.

– Peut-être mais désormais, c'est moi votre maîtresse. Alors, si tu regagnais ta place ?

Du coup, quand je suis allée m'asseoir, tous les élèves m'observaient, et je déteste ça.

Aussitôt, la remplaçante s'est levée et a frappé dans ses mains.

– Bonjour, les enfants ! Je m'appelle madame Nagel.

Elle a inscrit son nom au tableau, juste sous le nom de notre vrai maître. Comme si elle en avait le droit !

Puis elle s'est retournée vers nous et elle a annoncé :

– Notre première activité, aujourd'hui, consistera à dessiner une carte porte-bonheur pour monsieur Itiot.

Elle a ramassé une pile de feuilles de papier pliées en deux qu'elle nous a distribuées. Quand on a été servis, elle a dit :

– N'inscrivez rien sur vos cartes pour l'instant.

J'ai aussitôt barré le dessin que je venais de griffonner à toute vitesse : des hors-la-loi en train de boire de la bière dans un saloon. Mon maître me surnomme parfois « La fille qui dessine plus vite que son ombre ». Lui au moins, il nous prévient de ne rien griffonner sur notre feuille *avant* de nous la distribuer. Cette remplaçante allait sûrement nous causer des tas d'ennuis.

Elle nous a ensuite demandé d'écrire *Bonne chance!* à l'intérieur des cartes. Puis elle nous a suggéré :

– Vous pouvez ajouter un dessin porte-bonheur sur la première page.

À côté de moi, Lilly s'est lancée dans son « grand classique » : un bouquet de tulipes surmonté d'un arc-en-ciel. Devant elle, Willy, son frère jumeau, a esquissé son « grand classique » à lui : un requin zombie aux dents pointues.

Avant, j'avais une peur bleue des objets pointus. Plus maintenant.

Bon, d'accord, ce n'est pas vrai, j'en ai toujours peur.

Lilly s'est penchée en avant pour tapoter le cou de son frère.

– Hé, Willy, n'oublie pas que ton dessin doit porter bonheur au maître !

Willy a haussé les épaules.

– Justement, le requin zombie est mon porte-bonheur.

Il lui a aussitôt ajouté quelques dents supplémentaires.

Moi, je suis une artiste si talentueuse que je n'ai pas de « grand classique », je pourrais dessiner n'importe quoi. J'ai sorti mes feutres et essayé de penser à un truc qui porterait bonheur à mon maître.

Mais, pour la première fois de ma vie, j'ai eu beau me creuser la cervelle, je n'ai trouvé aucune idée. RIEN.

Mes yeux fixaient mon dessin raturé de hors-la-loi et ma main à court d'inspiration quand j'ai senti un doigt tapoter mon dos.

– Est-ce que tu pourrais m'appeler Brontosaure ? a murmuré Norris-Boris-Morris-Horace.

J'ai failli refuser car ce n'est pas un vrai prénom. Puis je me suis dit : « J'ai bien un nom de fruit, pourquoi n'aurait-il pas un nom de dinosaure ? »

— D'accord, Norris-Boris-Morris-Horace-Brontosaure, ai-je chuchoté. Mais on s'arrête là. Pas question que j'ajoute « stégosaure » ni « brachiosaure ».

— Clémentine ! a hurlé Mme Nagel.

— Ce n'est pas le moment de discuter avec Norris ! Où en sont vos cartes porte-bonheur ?

Mes oreilles sont devenues si brûlantes que j'ai eu peur que mes cheveux prennent feu.

À la récréation, Norris s'est excusé de m'avoir attiré des ennuis.

— Tu m'en veux ? a-t-il demandé.

— Non. C'est à elle que j'en veux. Et à notre maître. Il n'aurait pas dû nous laisser tomber.

– Il ne pouvait pas faire autrement, puisque madame Pain l'avait inscrit.
– Tu as raison ! C'est sa chef. Il était obligé de lui obéir ! Mais il répétait toujours qu'il adorait être avec nous, tu te souviens ? On doit lui manquer énormément !
– Oui, sûrement, a admis Norris.

Tout à coup, je me suis sentie beaucoup mieux.

– Hé, Norris, qu'est-ce que tu dirais si je t'appelais Doris ?

Norris-Boris-Morris-Horace-Brontosaure a réfléchi une minute puis il a soupiré :

– Un prénom de fille, pas sûr que ce soit une bonne idée. Pourquoi pas Diplodocus ?

LUNDI

Des ennuis avec la remplaçante

Quand nous sommes entrés en classe après la récréation, une bonne surprise nous attendait. Sur chaque table, Mme Nagel avait déposé un quartier de pomme dans une assiette en carton. Elle cherchait sans doute à se faire pardonner. Un quartier de pomme ne suffirait pas à m'amadouer, mais c'était toujours mieux que rien.

Sauf qu'une mauvaise surprise nous attendait. Couchés dans leur cage, Flash et Boum ne bougeaient pas d'un poil. Je ne les avais jamais vus dans cet état.

Puis je me suis souvenue que le lundi matin, avant de commencer les cours, M. Itiot choisissait toujours le Responsable Hamsters de la semaine. Son rôle était de donner immédiatement de l'eau et de la nourriture à Flash et Boum car on ne s'était pas occupés d'eux pendant le week-end.

Or ce matin, M. Itiot avait oublié de désigner un Responsable Hamsters. Il avait abandonné Flash et Boum comme il nous avait abandonnés. Et à présent, on était lundi *après-midi*.

Je me suis précipitée vers la cage pour remplir leur mangeoire et leur biberon. Puis je les ai caressés en leur jurant que j'étais sincèrement désolée pour cet oubli. Comme ils me paraissaient très maigres, j'ai glissé mon quartier de pomme à travers les barreaux de leur cage.

– Clémentine, tu dois regagner ta place, maintenant ! a hurlé Mme Nagel.

Bon, d'accord, elle n'a pas hurlé. Mais elle m'a fait mal aux oreilles.

Elle a ajouté :

– Où est passé ton matériel pour l'expérience de sciences ?

– Mon matériel ?

– J'avais déposé un quartier de pomme sur chaque table. Le tien a disparu.

– Je croyais que c'était un cadeau. Je l'ai donné à Flash et Boum. Ils ont failli mourir de faim parce que personne ne les a nourris ce matin.

Mme Nagel m'en a sûrement voulu d'avoir une bonne raison à lui fournir car elle a dit :

– Je regrette, mais il ne me reste plus de pommes. Tu suivras l'expérience avec un de tes camarades.

– Elle peut prendre mon quartier de pomme, a proposé Lilly.

– Elle peut prendre mon quartier de pomme, a répété Willy.

– Ou le mien, a lancé Norris-Boris-Morris-Horace-Brontosaure.

Tous mes camarades les ont imités. À mon avis, ils en avaient assez que Mme Nagel se montre aussi méchante avec moi.

Mais celle-ci a déclaré :
– Non, ce n'est pas la peine. Clémentine se contentera de nous regarder.

Alors je les ai regardés. Et, croyez-moi, je n'ai rien raté. Si vous laissez un morceau de pomme à l'air, il devient marron à cause de l'oxydation. La belle affaire !

Juste avant la fin des cours, Mme Pain est revenue dans notre classe. Elle a discuté à voix basse avec Mme Nagel puis elle a saisi la photo encadrée du rat. Mme Nagel allait sûrement lui dire de regagner son bureau.

Eh bien pas du tout ! Elle a souri !

– C'est mon neveu, a-t-elle annoncé avec un soupir de contentement. Il est mignon, n'est-ce pas ?

Aussitôt, j'ai sorti un feutre et inscrit sur mon bras : PAS DE BÉBÉS POUR MOI !

J'aime bien noter certaines informations importantes sur mon bras. Comme ça, je suis sûre de ne pas les perdre – car je sais toujours où est mon bras, contrairement aux bouts de papier si faciles à égarer. En plus, j'ai l'impression de porter des tatouages.

Le dimanche soir, ma mère efface toutes mes notes et je recommence le lundi. Débuter la semaine par une si bonne résolution me paraissait parfait.

Une pile de feuilles à la main, Mme Pain s'est avancée vers nous. Elle n'avait pas besoin de frapper dans ses mains pour réclamer notre attention, tous les yeux se fixaient automatiquement sur elle comme des aimants. Quand je serai grande, j'irai peut-être dans une école de directrices pour apprendre ce tour de magie.

Elle nous a distribué les feuilles. Ma main a voulu tout de suite y griffonner un dessin mais je lui ai ordonné d'attendre.

– Les enfants, a annoncé la directrice, vous allez écrire une lettre du jury des Enseignants Aventuriers. Vous leur expliquerez pourquoi votre maître mérite de gagner ce voyage. Demain, je viendrai ramasser vos lettres pour les envoyer.

Tous les élèves ont fait semblant de trouver l'idée excellente. Sauf moi, parce que je n'étais pas d'accord. Attraper des bandits en train de boire de la bière dans un saloon, ou, quand on est maître d'école, respecter sa promesse en restant avec sa classe, voilà ce que j'appelais de bonnes idées.

Dans le bus, lorsque Margaret, ma meilleure amie, s'est assise à côté de moi comme d'habitude (on vit dans le même immeuble), j'ai gardé la tête tournée vers la vitre. Margaret ne supporte pas que je ne la regarde pas. Elle m'a pincée jusqu'à ce que je me retourne.

– Tu as mal aux yeux ? a-t-elle demandé. Tu as pleuré ?

– Non.

J'ai à nouveau tourné la tête vers la vitre et Margaret m'a à nouveau pincée.

– Bon, d'accord, ai-je cédé. Peut-être que j'ai pleuré. Un petit peu. Dans les toilettes des filles.

– Pourquoi ? s'est étonnée Margaret.

Je lui ai tout raconté.

– Il avait promis d'être notre maître et maintenant il s'en fiche. S'il gagne, on ne le reverra plus. Je commençais à m'habituer aux règles du CE2, mais je vais être obligée de redémarrer à zéro. En plus, cette madame Nagel est vraiment méchante.

À cet instant, quelqu'un m'a tapoté la tête et je me suis retournée.

– Madame Nagel n'est pas méchante, a déclaré Lilly. Elle est gentille.

Puis elle a enfoncé son index dans les côtes de son frère.

– Willy, dis à Clémentine que madame Nagel n'est pas méchante.

Willy a haussé les épaules avant de répéter :
— Madame Nagel n'est pas méchante.

Son avis ne comptait pas. Willy fait tout ce que lui ordonne Lilly.

Parfois, j'aimerais bien avoir un frère jumeau qui fasse tout ce que je lui dis et dont le prénom rime avec le mien.

À la place, j'ai un petit frère qui n'a que trois ans et qui fait tout ce que je lui dis de ne PAS faire. En plus, son prénom ne rime pas avec le mien, et ce n'est même pas un nom de fruit comme celui qu'on a choisi pour moi. Alors, je m'amuse à lui donner des noms de légumes.

Tiens, au fait, il ne fallait surtout pas que j'oublie ! J'ai sorti un feutre et inscrit sur mon bras : *TROUVER DE NOUVEAUX NOMS DE LÉGUMES POUR NAVET.* Puis j'ai lancé à Willy et Lilly :

— Madame Nagel est méchante avec moi. Aujourd'hui, je n'ai eu que des ennuis.

— Parce que tu faisais des bêtises, a rétorqué Lilly. Moi, je n'ai pas eu d'ennuis aujourd'hui. Je n'en ai jamais.

– C'est sûrement ta faute, Clémentine, a renchéri Margaret sans que je lui demande son avis. Tu devais faire des choses bizarres. Tu fais toujours des choses bizarres. Prends exemple sur Lilly et conduis-toi comme elle en classe.

– Quelle idée idiote, ai-je répliqué.

Willy m'a tapoté la tête.

– Moi, je la copie. Et je n'ai jamais d'ennuis.

Je me suis enfoncée sur mon siège.

– Bon, d'accord, j'essaierai.

LUNDI

Sauvée par Mitchell

Quand je suis rentrée à la maison, j'ai posé ma feuille blanche sur la table de la cuisine et je l'ai regardée fixement.

Maman est venue me demander si je voulais goûter.

– Non.

À travers mes dents serrées, ma réponse est sortie comme un grondement. Un grondement féroce.

– Et je ne veux pas non plus que mon maître s'en aille.

Maman m'a quand même donné du fromage et un jus de fruit.

– Monsieur Itiot s'en va ? s'est-elle étonnée. Oh, quel dommage ! Tu l'aimes beaucoup. Tu veux m'en parler ?

Juste à ce moment-là, on a entendu un grand bruit en provenance du salon, suivi d'un éclat de rire. Mon frère fouillait sûrement dans le placard où maman range son matériel de dessin.

– Pourvu qu'il n'ait pas trouvé les feutres indélébiles ! s'est-elle écriée en se précipitant hors de la pièce.

Puis mon père est arrivé. Il lui a suffi d'un bref coup d'œil pour évaluer mon humeur.

– Tu veux faire un tour en ascenseur de service ? m'a-t-il proposé en me tendant les clés qui pendaient à sa ceinture.

Chaque fois que je suis en colère, papa me laisse faire quelques aller et retour en ascenseur de service pour me calmer.

– Non, ai-je de nouveau grondé. Ce que je veux, c'est ne pas faire ce devoir.

Il s'est assis à côté de moi.

– Un devoir difficile, je parie. Tu veux m'en parler ?

Oui, je le voulais vraiment, mais à ce moment-là son téléphone a sonné. Il est parti répondre. À son retour, il a soupiré :

– Clém, notre discussion devra attendre. L'ascenseur est encore en panne.

Mon père est le gardien de notre immeuble. Du coup, il doit régler tous les problèmes. Heureusement, il a aussi des avantages.

Le droit de monter sur le toit-terrasse, par exemple. Parfois, les soirs d'été, on grimpe là-haut. On a une vue imprenable sur tout Boston. On apporte une pizza géante au fromage et une lampe qu'on branche sur une immense rallonge. Puis on joue à *Destins-Le Jeu de la vie*. Enfin, je joue avec mes parents – Brocoli se contente d'enfoncer les pions dans les petites voitures en plastique et de les faire glisser à toute vitesse sur le plateau. Ça fait rire mes parents – ils disent que mon frère se lance dans la vie à un train d'enfer.

Sur ce, mon chaton est entré dans la cuisine et m'a sauté sur les genoux. Je l'ai serré dans mes bras avant de lui donner des morceaux de fromage. Il s'est mis à ronronner.

– Ne t'inquiète pas, Hydrophile, j'ai chuchoté, je ne m'en irai pas. Tu peux compter sur moi. Si je te promets que je serai là pour toi, je serai là pour toi.

Mon frère est arrivé à son tour.

– Joue avec moi ! a-t-il crié.

– Impossible, Haricot, me suis-je excusée en désignant ma feuille blanche. J'ai un devoir à faire.

Il a éclaté de rire, comme si je venais de lui raconter une blague et il est monté sur mes genoux, à côté d'Hydrophile.

– Ce n'est pas drôle. Tu verras, dans cinq ans, tu auras des devoirs aussi idiots que celui-là à faire car tu seras en CE2, comme moi.

À vrai dire, je n'en étais pas si sûre. Chaque fois que Pois Chiche se réveille, il lève un pied et sourit d'un air béat en l'apercevant comme si c'était son meilleur ami et qu'il lui avait manqué. Il l'agite d'avant en arrière et s'imagine que son ami le salue, alors il crie :

– Bonjour, pied !

Après, il recommence avec l'autre pied.

À mon avis, un garçon qui dit bonjour à ses pieds n'a aucune chance d'atteindre le CE2.

Je suppose que Soja n'y croyait pas non plus. Il s'est mis à miauler et a partagé mon fromage avec Hydrophile. Quand il n'en est plus resté une miette, ils ont sauté à terre pour aller jouer.

Je me suis décidée à rédiger mon devoir. « Chers membres du jury des Enseignants Aventuriers », ai-je commencé. Puis j'ai fixé la feuille en cherchant la suite. J'ai cherché encore et encore, jusqu'à ce que de la fumée s'échappe de mon cerveau. Sans succès. Pour me rafraîchir les idées, j'ai pris une glace dans le congélateur.

J'étais en train de la déguster quand papa est venu récupérer sa clé à molette. En passant devant moi, il a grommelé :

– Je devrais écrire un livre.

Mon père répète toujours ça. Il prétend qu'un gardien d'immeuble voit des tas de choses étranges. Des choses fascinantes, exceptionnelles. Il affirme aussi qu'il y a bien plus de fous dans le monde qu'on ne l'imagine. Et qu'il pourrait écrire un livre formidable s'il en avait le temps.

Soudain, j'ai eu une idée merveilleuse.

Je me suis précipitée vers le placard où maman range son matériel de dessin et j'en ai extrait un carnet de croquis tout neuf. Sur la couverture, j'ai inscrit en gros : *Le gardien d'immeuble* – par Papa. Dessous, j'ai dessiné notre immeuble.

Et, sur la première page, j'ai rédigé la première phrase pour l'aider :
Il était une fois un gardien d'immeuble.

Ensuite, j'ai déposé le carnet dans la chambre de mes parents, sur la table de nuit côté papa. Puis, mon devoir sous le bras, je suis allée dans le hall pour voir si mon père pouvait me donner un coup de main.

Je ne l'ai pas trouvé. Mais j'ai aperçu Mitchell, le grand frère de Margaret, en train de graisser son gant de baseball. Il avait l'air de s'ennuyer.

– Qu'est-ce que tu fais ici?

– Margaret range ma chambre, a-t-il expliqué. J'attends dehors.

Ma chambre est un tout petit peu en désordre. Peut-être que je devrais demander à Margaret de la nettoyer pour qu'elle ressemble à la sienne.

– Ça coûte combien? me suis-je renseignée.

– Trois dollars, a répondu Mitchell.

– Trois dollars? Oh. Je ne crois pas que je paierais autant juste pour avoir ma chambre bien rangée.

– Moi non plus! a approuvé Mitchell. C'est Margaret qui m'offre trois dollars pour faire le ménage dans ma chambre.

J'ai besoin d'argent pour m'acheter une batte de baseball neuve. Sinon, je ne la laisserais même pas entrer. Après son passage, je ne retrouve plus mes affaires.

– Elle les cache ?

– Non, elle les classe. Tu connais ma sœur et ses règles : du plus petit au plus grand, du plus neuf au plus vieux, de A à Z. Je passe des heures à tout remettre en place.

Mitchell s'est laissé glisser le long du mur jusqu'au sol. Je l'ai imité, histoire qu'il ne se sente pas seul. Puis je lui ai parlé de mon maître et de son voyage en Égypte.

— Pour lui, creuser la terre à la recherche de vieilles momies et de stupides hiéroglyphes est plus important que de s'occuper de ses élèves. Le pire, c'est qu'il n'a même pas envie d'aller là-bas, c'est notre directrice qui l'a inscrit !

— S'il gagne, il campera dans le désert ? a demandé Mitchell.

— Je crois. Tu te rends compte ? Il ne sera plus là, alors qu'il a promis de rester avec nous toute l'année !

Mais Mitchell ne pensait plus qu'au camping. Il a lancé :

— J'espère que ton maître ne sera pas obligé de partager sa tente avec un type du genre Flageolet MacProut !

— Tu ne m'écoutes pas ! ai-je protesté.

Continuant à m'ignorer, il a ajouté en secouant la tête :

— Dire que j'ai dû passer deux semaines entières avec lui au camp d'été !

— D'accord, raconte, ai-je cédé. C'était quoi le problème de Flageolet MacProut ?

— Le problème ? *Les* problèmes tu veux dire. D'abord... ses chaussettes ! Il n'en changeait jamais – je ne plaisante pas. Sa mère avait dû les lui enfiler quand il était bébé et il s'était pris d'affection pour elles.

Mitchell s'est pincé le nez en faisant semblant de s'évanouir.

– J'ai failli mourir asphyxié sous la tente.
– Oh, tu exagères.

Il a ôté sa casquette de baseball à l'emblème de l'équipe des Red Sox de Boston et l'a posée contre son cœur, ce qui veut dire : « Je le jure sur la tête des Red Sox ».

– Quand Flageolet partait en randonnée, même les putois s'évanouissaient sur son passage, m'a-t-il confié.

J'ai éclaté de rire. Le jour où j'aurai un petit ami, ce qui n'arrivera jamais, j'en choisirai un aussi drôle que Mitchell. Pour ne pas oublier son histoire, j'ai dessiné un putois les pattes en l'air au dos de mon devoir.

Mitchell continuait à grommeler :

— Et son odeur n'était que le premier des problèmes. Ce mec aurait dû porter un panneau « Attention danger » !

— Pourquoi ?

— Pour nous prévenir de ne pas le laisser entrer sous la tente !

Soudain, une idée lumineuse a fusé dans mon cerveau.

J'ai retourné ma feuille du côté « Chers membres du jury des Enseignants Aventuriers » et j'ai lancé à Mitchell :

— Raconte-moi tout ce qui aurait dû figurer sur le panneau de Flageolet MacProut. Sans rien oublier, surtout.

MARDI

Les conseils de Margaret

Le mardi matin, au petit-déjeuner, maman m'a interrogée sur le départ de mon maître. Je lui ai répondu :

– Oh, ce n'est pas grave. Il reviendra lundi prochain.

Puis papa m'a demandé comment je m'en sortais avec mon devoir.

– Super bien. Il me manque juste un détail : comment tu écris « Menace pour la société » ?

Il m'a épelé l'expression.

– C'est tout ? s'est étonné mon père. Je croyais que ce devoir te donnait beaucoup de mal.

– Non. Mitchell m'a aidée. En fait, c'était facile.

– Très gentil de sa part, a dit papa. Tu veux nous montrer le résultat ?

– Oh… euh… hum… non. C'est une surprise.

Je ne mentais pas. Ma lettre secrète allait provoquer une sacrée surprise parmi les membres du jury.

Mon père a quitté la table. Curieuse de voir s'il avait travaillé au livre que j'avais commencé pour lui, je me suis glissée dans sa chambre. Il n'avait écrit qu'une seule phrase. Juste après :

Il était une fois un gardien d'immeuble.

il avait ajouté :

Il était d'une beauté renversante et possédait la force de dix bœufs.

Parfois, papa déraille. Pour le remettre sur la bonne voie, j'ai inscrit :

Il remarquait plein de choses intéressantes !

Dans le bus scolaire, j'ai raconté à Margaret que j'aidais mon père à écrire un livre.

– Maintenant, a-t-elle répliqué, il faut que tu fasses aussi plaisir à ta mère. C'est la règle. Sinon, ce n'est pas juste.

– Tu as raison. Je déteste quand Haricot Vert reçoit un cadeau et pas moi. Et comme maman dort dans la même chambre que papa, elle saura forcément que je lui ai fait un cadeau.

Margaret m'a jeté un regard courroucé.

– Tu en as de la chance.

– Comment ça?

– Tu as une chance incroyable et tu ne t'en rends même pas compte.

– Moi, j'ai de la chance, pourquoi?

J'espérais que Margaret avait entendu dire qu'on m'offrirait un gorille pour Noël. Mais non.

– Eh bien, pour commencer, tu n'as pas à supporter Mitchell.

– Je dois supporter Courgette, me suis-je défendue.

– Ton frère à toi est mignon, a-t-elle répliqué avec une grimace qui sous-entendait : « Tu n'as pas idée de ce que je suis obligée d'endurer! »

Je ne lui ai pas retourné sa grimace parce qu'à mon avis Mitchell est drôlement sympa. Ce qui ne veut absolument pas dire qu'il est mon petit ami. Elle a repris :

– Et puis, tu n'as pas à supporter Alan.

Alan est le petit ami de la mère de Margaret. Chaque fois que Margaret prononce son prénom, elle grimace comme si on la forçait à caresser une limace. Là, je lui ai retourné sa grimace parce qu'Alan ne me plaît pas non plus.

Que maman n'ait pas de petit ami c'était une chance pour papa, pas pour moi, mais je ne l'ai pas dit à Margaret. Je lui ai juste demandé si j'avais d'autres raisons de me sentir chanceuse.

– Oui, seulement si tu ne les connais pas, je ne t'en parlerai pas.

Puis elle a refermé la bouche avec l'intention de pincer ses lèvres. Sauf que ses lèvres sont restées coincées au-dessus de son appareil dentaire – ses bagues, comme elle dit. Je me suis détournée pour ne pas éclater de rire car je sais à quel point les moqueries sont blessantes.

Bon, d'accord. C'est aussi parce que Margaret est un peu plus grande que moi et que son sac à main aux coins pointus me faisait peur.

En descendant du bus, elle m'a lancé :

– N'oublie pas. Aujourd'hui, tu copies Lilly !

J'ai essayé.

En classe, dès que Lilly s'est assise, elle a ouvert son sac à dos et sorti son devoir, qu'elle a posé sur sa table. J'ai donc ouvert mon sac à dos et sorti mon devoir, que j'ai posé sur ma table.

Jusque-là, aucun problème.

Ensuite, Lilly a enfoncé son index dans la nuque de son frère et lui a ordonné de sortir son devoir, lui aussi. Aussitôt, j'ai enfoncé mon index dans la nuque de Willy – pas trop fort parce qu'il avait déjà plein de marques rouges à cet endroit – et lui ai ordonné de sortir son devoir.

À cet instant, Mme Nagel a réclamé notre attention en frappant dans ses mains.

Lilly a plaqué les siennes l'une contre l'autre sur sa table et s'est redressée. J'ai allongé le cou pour mieux la voir. Elle avait les yeux rivés sur Mme Nagel, comme si celle-ci l'avait hypnotisée. J'ai plaqué mes mains l'une contre l'autre et pris le même air hypnotisé. Puis je me suis glissée par terre pour observer le bas du corps de Lilly.

Vous ne me croirez jamais : il était complètement immobile ! Rien ne s'agitait, pas même un orteil ! Mme Nagel avait transformé Lilly en statue. Et, assis devant elle, Willy paraissait pétrifié aussi.

– Clémentine ! Qu'est-ce que tu fabriques sous la table ? a hurlé Mme Nagel.

Bon, d'accord, elle n'a peut-être pas hurlé, mais d'où j'étais sa question ressemblait à un hurlement.

– Tu as perdu quelque chose ?

– Non, je voulais juste voir comment se tenait Lilly pour l'imiter, lui ai-je expliqué.

– Il y a une place vide au premier rang, a ajouté Mme Nagel. Tu aurais sans doute moins de difficultés à te concentrer si tu t'y installais.

Il a donc fallu que je m'asseye devant son bureau et que j'observe sans broncher ses affaires qui trônaient à l'endroit où mon vrai maître mettait d'habitude les siennes.

Après avoir ramassé nos devoirs, Mme Nagel les a rangés dans une grande enveloppe qu'elle a posée sur son bureau.

J'étais contente parce que, tout au long de la journée, cette enveloppe me rappellerait que mon vrai maître n'avait aucune chance de gagner le voyage en Égypte. Absolument aucune. Car, lorsque les membres du jury liraient ma lettre secrète, ils le renverraient directement à l'école. Et il resterait notre maître jusqu'à la fin de l'année. Comme il le souhaitait. Comme il l'avait promis. À cette pensée, je me suis sentie beaucoup mieux.

Bon, d'accord, pas beaucoup mieux. Mais un petit peu mieux.

En rentrant à la maison, j'ai trouvé mes parents assis à la table de la cuisine. Ils fixaient une pile de courrier d'un air aussi catastrophé que le mien, la veille, devant mon devoir.

J'en ai déduit qu'on était le premier jour du mois. Dans ma famille, c'est le jour des factures. Je n'aime pas le jour des factures parce que mes parents répondent « Non » à tout ce que je leur demande. J'ai quand même tenté ma chance.

– Je dois trouver de nouveaux prénoms pour Brocoli. Est-ce que quelqu'un peut m'emmener à l'épicerie ?

– Premièrement, ton frère ne s'appelle pas Brocoli. Et deuxièmement, c'est non, ont-ils répondu d'une seule voix.

Puis, comme frappés par une idée géniale, ils ont tous deux sauté sur leurs pieds et crié :

– Si ! Attends, je t'accompagne !

Mais, très vite, ils ont échangé un coup d'œil ; leurs épaules se sont affaissées. Ils se sont rassis d'un air las en soupirant :

– Non, on ne peut pas.

Et ils ont recommencé à contempler leur pile de factures.

Maman a tout de même fini par lever les yeux.

– On est mardi. Demande à Mitchell s'il peut t'accompagner.

Le mardi et le jeudi, la mère de Margaret travaille tard à la banque. Il lui arrive de donner deux dollars à Mitchell pour qu'il emmène Margaret faire les courses avec lui et qu'il la surveille.

– Mitchell n'est pas mon baby-sitter! crie toujours Margaret aux gens qu'elle rencontre. C'est moi qui devrais gagner deux dollars pour le surveiller!

Parfois, mes parents paient Mitchell pour faire des courses et jouer les baby-sitters sans en avoir l'air avec mon petit frère et moi.

J'ai composé son numéro de téléphone.

– Ici le camp d'entraînement des Red Sox. Mitchell la Flèche, future star mondiale, à l'appareil.

Mitchell est obsédé par les Red Sox, l'équipe de baseball de Boston. Il prétend que c'est l'équipe la plus géniale de tous les temps.

D'après lui, leur seule chance d'être encore meilleurs serait de le recruter comme joueur. Ce qui ne saurait tarder.

En tout cas, il ne répond pas au téléphone de cette manière si sa mère est à la maison. La mère de Margaret et Mitchell n'a aucun sens de l'humour. D'après mon père, ça n'a rien d'étonnant : à force de supporter Margaret et ses manies, n'importe qui perdrait son sens de l'humour.

– Salut, Mitchell, ai-je lancé. Ma mère voudrait savoir si tu peux être notre baby-sitter sans en avoir l'air et nous accompagner à l'épicerie ?

– Bien sûr. Margaret et moi, on vous retrouve dans le hall.

J'ai aidé maman à ficeler Chou-Fleur dans sa poussette et on est allés attendre Margaret et Mitchell à côté de l'ascenseur. Quand ils sont arrivés, ma mère a donné deux dollars à Mitchell pour nous garder sans en avoir l'air. Puis elle m'a tendu de quoi acheter un tube de peinture à l'huile au magasin d'art.

– Du rose permanent, a-t-elle précisé.

Quelquefois, je perds un peu les pédales dans ce magasin. Toutes ces couleurs merveilleuses et tous ces noms fabuleux de couleurs merveilleuses me font tourner la tête. Rouge d'alizarine, bleu de céruléum, jaune de cadmium. Rien que d'y penser, je me sentais prise de vertige.

– Tu devrais peut-être le noter sur mon bras, ai-je suggéré à ma mère en remontant ma manche.

– Ne t'inquiète pas, Clémentine, tu n'oublieras pas, a-t-elle affirmé. Pense à ta grand-tante Rose, qui a une permanente. Rose, permanente.

– Rose, permanente. D'accord, je m'en souviendrai.

– Parfait. À tout à l'heure et surtout, pas de cacahuètes ! a-t-elle lancé.

Mon frère Haricot Vert est allergique aux cacahuètes. Ça signifie que s'il en mange une, sa tête risque d'exploser dans la minute qui suit.

On s'est mis en route. Après la pharmacie, le pressing et le loueur de DVD, direction le magasin d'art.

Au rayon peinture, il y avait des centaines de tubes de couleurs neufs bien rangés sur leur étagère. Margaret a levé les mains au ciel et reculé brusquement comme si les tubes attendaient le moment propice pour couler sur ses vêtements propres.

Margaret ne supporte même pas de regarder des objets qui risqueraient de la salir.

– Va vite au rayon des papiers ! lui ai-je conseillé, et admire toutes ces belles feuilles blanches et propres.

Mitchell a emmené mon frère faire le tour de la boutique, quant à moi, je me suis plongée dans la contemplation des merveilleuses couleurs aux noms fabuleux.

Terre de Sienne brûlée, violet de manganèse, vert émeraude… Je commençais à avoir la tête qui tourne quand un vendeur est venu me demander s'il pouvait m'aider.

– Oui, je voudrais un tube de peinture à l'huile rose moustache, ai-je déclaré.

– Rose moustache ? a-t-il répété. Tu es sûre de toi ?

– Absolument. J'en suis sûre parce que ma grand-tante Rose a de la moustache. Juste un petit peu. Il faut la regarder de profil pour le remarquer. C'est grâce à elle que je me suis souvenue du nom de la couleur.

À cet instant, Mitchell a surgi pour me chuchoter le nom correct à l'oreille.

– Oh, bon d'accord. En fait, je prendrai un tube de rose permanent.

Après avoir sélectionné la bonne couleur, le vendeur nous a précédés à la caisse. Et là, posée sur le comptoir, j'ai découvert une magnifique boîte en bois dont l'intérieur était divisé en une multitude de compartiments. « Coffret à peinture de luxe », précisait l'étiquette.

Coffret à peinture de luxe $20

– Regarde, Mitchell! me suis-je exclamée. On dirait un petit immeuble pour peintures et pinceaux. Ma mère range son matériel dans des vieilles boîtes en fer et Fenouil n'arrête pas de jouer avec... En plus, cette boîte se verrouille! Je suis sûre qu'elle lui plairait. Si je la lui offrais, elle serait tellement contente que le livre qu'on écrit papa et moi ne la rendrait pas jalouse!

L'étiquette précisait le prix : vingt dollars. J'ai fouillé mes poches. Il me restait cinquante-cinq cents. Puis j'ai payé le tube de peinture avec l'argent que maman m'avait donné.

Le vendeur m'a rendu la monnaie. Trois dollars et onze cents. Maman ne refuserait probablement pas de me les prêter pour lui acheter un si beau cadeau.

– Est-ce que je peux t'emprunter de l'argent ? ai-je demandé à Mitchell.

– Non. Tu sais bien que j'économise pour m'acheter une nouvelle batte de baseball.

Je l'ai dévisagé avec insistance.

Il a mis les bras devant son visage, a reculé en titubant.

– Non ! Pas tes yeux de murène ! a-t-il gémi.

Mon regard de murène est extrêmement efficace. Je ne l'utilise que dans les cas d'urgence. Je l'ai réglé au maximum de sa puissance.

– Aaarrrgggghhh ! D'accord ! Je capitule ! a crié Mitchell.

Il a sorti les deux dollars de maman – des billets normaux – plus deux autres billets de un dollar tout neufs. La mère de Margaret et Mitchell échange tous ses billets usés contre des neufs à son travail ; comme ça, Margaret peut les toucher sans craindre d'attraper des microbes.

J'avais à présent sept dollars et soixante-six cents.

– Margaret ! Viens, s'il te plaît.

Elle s'est approchée en me regardant du coin de l'œil.

– Tu as combien d'argent sur toi ? lui ai-je demandé.

– Un dollar. Je dois m'acheter du gel désinfectant pour les mains.

– Tu l'achèteras plus tard. J'ai besoin de ton dollar pour acheter ce cadeau à ma mère. Je te rembourserai bientôt. C'est toi qui m'as conseillé de faire plaisir à maman pour qu'elle ne soit pas jalouse de papa.

Margaret a resserré les doigts sur son sac à main et secoué la tête.

J'ai fait mes yeux de murène. Elle m'a imitée. Parfois, je regrette de lui avoir révélé mon truc. Heureusement, je ne lui ai jamais appris comment atteindre la puissance maximale. Elle a fini par céder et par me tendre son billet tout neuf.

Total : huit dollars et soixante-six cents.

– Il me manque encore onze dollars et trente-quatre cents, ai-je constaté.

Mitchell n'en revenait pas.

– Je ne comprends pas comment tu peux compter si vite, Clémentine. Tu es incroyable.

Puis il a ajouté, en poussant Radis vers la sortie :

– Allez, on s'en va.

Avant de partir, j'ai tapoté le coffret à peinture sur le comptoir et lancé au vendeur :

– Gardez-le-moi, d'accord ? Je reviendrai l'acheter très vite !

MARDI

Une épicerie extraordinaire

Une fois dehors, j'ai rappelé à Mitchell qu'on devait s'arrêter dans une épicerie.

– Mais pas une épicerie ordinaire, ai-je précisé. J'ai besoin de trouver de nouveaux noms de légumes pour mon petit frère.

Il a tendu le doigt vers le bout de la rue.

– Et celle-là, qu'est-ce que tu en penses ?

J'ai regardé dans la direction qu'il m'indiquait et aperçu une boutique dont l'auvent annonçait : CHEZ LIU GNA, ÉPICERIE CHINOISE.

Des cageots de légumes s'alignaient sur le trottoir. J'ai couru les examiner. Certains légumes m'étaient totalement inconnus. J'ai déchiffré les écriteaux : bok choy[1], mangetout, daïkon[2], pousses de bambou.

J'ai attendu que Mitchell et les autres me rejoignent pour lui demander :

– Tu as un stylo ? Je dois absolument noter ces noms.

1. Chou chinois.
2. Radis chinois.

Mais à part une balle de baseball, Mitchell n'avait rien dans ses poches.

Quant à Margaret, elle n'emporte jamais de stylo – au cas où l'encre fuirait sur ses vêtements.

Nous sommes donc entrés dans le magasin. J'allais demander à l'épicier de quoi écrire lorsque mon incroyable œil de lynx a repéré une chose étonnante…

Vous ne me croirez jamais : c'était un aquarium rempli d'anguilles. Des tas et des tas d'anguilles qui nageaient, s'entremêlaient, faisaient des boucles et des nœuds, se liaient et se déliaient comme par magie.

– Waouh ! ai-je chuchoté.
– Waouh ! a soufflé Mitchell à son tour.
– Waouh ! a répété Bok Choy.
– Je crois que je vais vomir, a gémi Margaret.
– Ce ne sont que des poissons, ai-je protesté. Et ce n'est pas leur faute si elles sont super longues et visqueuses.

Mais Margaret était déjà toute verte.

– Vite ! Cours au rayon des riz, j'ai repris, et admire leurs jolis grains ivoire.

Elle s'est sauvée en vitesse et je me suis replongée dans la contemplation des anguilles. Elles me rappelaient les dessins que je trace, l'été, quand il fait chaud, sur le trottoir de l'allée qui longe l'arrière de notre immeuble. Voici ma méthode : je prends un gros pinceau, je le trempe dans l'eau et je dessine des tourbillons sur le ciment. À peine esquissés, ils s'évaporent, comme s'ils étaient vivants.

Oh, j'allais oublier... Si vous voulez peindre sur le trottoir, demandez d'abord à votre mère la permission de lui emprunter un pinceau.

Une petite anguille se cachait dans un coin. Je l'ai montrée à Mitchell :

– Regarde, elle a l'air triste.

– Les anguilles ne sont pas tristes, a-t-il rétorqué. Ce sont juste des anguilles.

– Elle pleure, je t'assure. Seulement, sous l'eau, on a du mal à s'en rendre compte.

Il a fait une grimace incrédule, mais je l'ai vu se pencher discrètement sur l'aquarium pour vérifier si j'avais raison.

J'ai lu la pancarte à côté de l'aquarium :

– « Offre spéciale : cinq dollars et quatre-vingt-dix-neuf cents la livre. » Ce n'est pas cher pour un animal de compagnie.

– C'est une épicerie, Clémentine, pas une animalerie, m'a rappelé Mitchell. Les anguilles, on les achète pour les manger.

– Chut ! Ne dis pas ça devant elles !

Il a haussé les épaules et ajouté :

– Pourtant c'est vrai. Les gens les mangent. Ou les fument.

– N'en parle surtout pas à Alan ! a crié Margaret depuis le rayon voisin. Je n'ai pas envie qu'il fume des anguilles. Sa pipe est assez dégoûtante comme ça !

75

Secrètement, une petite partie de moi aurait bien aimé voir quelqu'un fumer une anguille. Mais pas ce jour-là. Et pas ces anguilles-là.

Tout à coup, je me suis souvenue pourquoi j'étais entrée dans la boutique. Je me suis approchée de l'épicier.

– Excusez-moi, est-ce que je peux vous emprunter un stylo ?

Il m'a prêté le sien. J'ai noté sur mon bras les nouveaux noms de légumes que je destinais à mon frère. En rendant le stylo à l'épicier, je lui ai demandé :

– Vous vous appelez vraiment monsieur Liu Gna ?

– Oui.

– Vous savez que si on lit votre nom à l'envers, on obtient ANGUIL ? C'est presque le mot ANGUILLE. Génial, non ? Si je tenais un magasin avec des animaux portant mon nom à l'envers – des... Senitnemélc – je ne les vendrais pas, je les offrirais à mes clients en guise d'animaux de compagnie.

M. Liu Gna a éclaté de rire, comme si je venais de lui raconter une bonne blague.

– Tu vois ? a sifflé Margaret à mon oreille. Il te trouve bizarre. Tu dis toujours des trucs bizarres, Clémentine.

En passant devant elle avec Pousse de Bambou, je lui ai lancé mon regard « plus glacial qu'un glaçon ». Mais elle a insisté en désignant les inscriptions sur mon bras :

– Encore un truc très bizarre.

Pour en avoir le cœur net, je me suis tournée vers Mitchell.

– Toi aussi, tu trouves que je fais des trucs bizarres ?

– Évidemment. C'est pour ça que j'apprécie ta compagnie.

J'ai bien compris qu'il essayait de devenir mon petit ami. Je ne lui ai pas avoué que je ne voulais pas de petit ami – pas question de lui briser le cœur, comme dans les films. À la place, je lui ai demandé s'il avait des idées pour gagner les vingt dollars que coûtait le cadeau de ma mère. Il n'en avait qu'une : le jour où il deviendrait un joueur de baseball riche et célèbre, il me donnerait ce que je voudrais.

– Merci, ai-je répondu. Mais il faudra que j'attende trop longtemps.

Quand nous sommes rentrés à la maison, maman était assise à sa table à dessin. J'ai sorti de ma poche sa monnaie et le tube de rose permanent que je lui ai tendus.

Elle a levé ses mains couvertes de poudre de pastel.

– Tu peux les ranger ? J'ai les mains sales, m'a-t-elle demandé en les désignant.

J'ai déposé la monnaie sur le coin de sa table à dessin, puis j'ai ouvert la boîte en fer que ma mère réserve à ses peintures à l'huile.

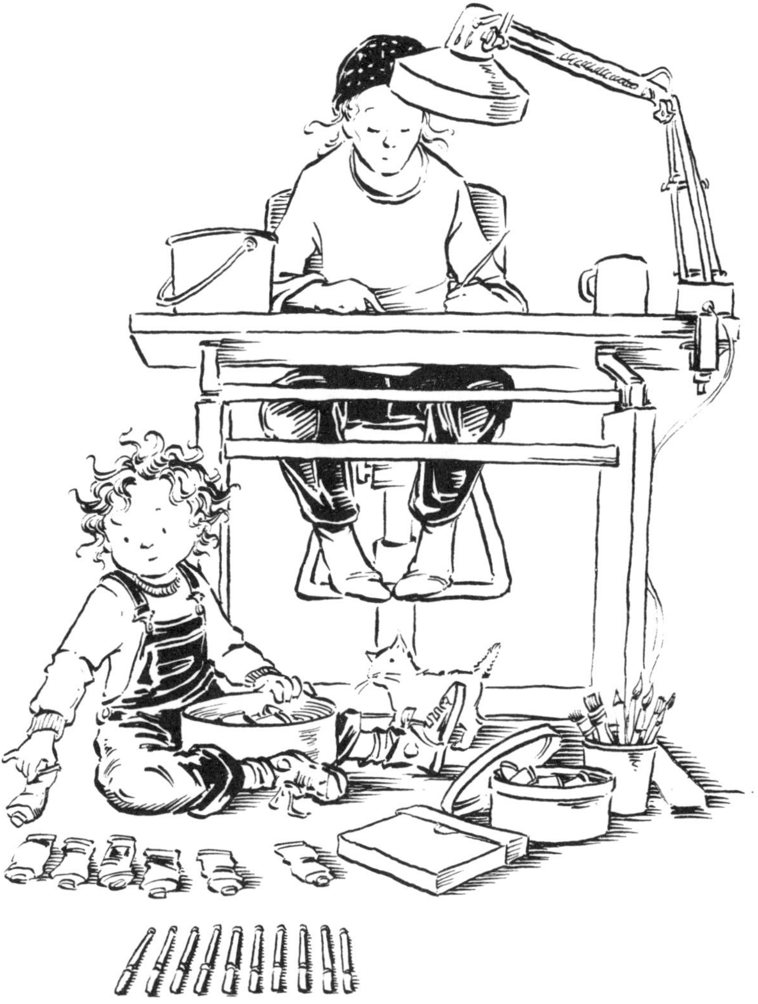

Les tubes étaient mélangés – je trouvais ça magnifique, pourtant ça ne ressemblait pas aux casiers bien ordonnés du magasin d'art. Soudain, j'ai réalisé que, pour ranger ses peintures, le marchand respectait une règle. Pas une règle idiote dans le genre de celles de Margaret, non, une règle intelligente.

– Tu veux que je classe tes tubes dans l'ordre du cercle chromatique ? ai-je proposé à ma mère.

– Ce serait formidable, ma chérie !

J'ai aussitôt étalé les tubes devant moi et formé un arc-en-ciel de couleurs, comme dans le magasin. Maman a attendu que j'aie terminé puis elle s'est penchée pour admirer le résultat.

– Magnifique ! Désormais, je ne perdrai plus de temps à chercher mes couleurs. Tu peux ranger aussi mes tubes d'aquarelle et mes crayons de couleur ?

– Sérieusement ? ai-je demandé. J'ai le droit de toucher à toutes tes affaires ?

– Oui.

– Même à tes marqueurs spéciaux ?

Au regard que maman m'a jeté, j'ai compris qu'elle n'avait pas oublié la fois où je m'en étais servi pour colorer les cheveux de Margaret[1].

– Oui, même aux marqueurs. Je sais que, maintenant, tu connais les règles qui s'appliquent à mon matériel.

J'ai souri intérieurement, parce que j'imaginais déjà la joie de ma mère quand je lui offrirais le coffret !

Ensuite, je suis allée dans la chambre de mes parents, curieuse de voir si mon père avait avancé dans la rédaction de son livre.

Sous :

Il remarquait plein de choses intéressantes !

il avait ajouté :

Il avait également une femme magnifique et deux enfants exceptionnels.

J'ai feuilleté les pages suivantes. Papa n'avait rien écrit à propos des choses intéressantes qu'il était censé remarquer dans l'immeuble. Je devais donc intervenir.

---

1. Lire *La folle semaine de Clémentine* dans la même collection.

J'ai écrit :
Un jour, le gardien d'immeuble a découvert un truc extra intéressant!

Quelques minutes plus tard, en allant ranger la poussette de Cerfeuil à la cave, j'ai longé le local des poubelles. Et là, j'ai découvert un truc réellement extra intéressant : la solution pour gagner les vingt dollars qui me permettraient d'acheter le coffret à peinture destiné à maman !

MERCREDI

La cave aux trésors

– Clémentine ! C'est la troisième fois que je te surprends en train de regarder la pendule, m'a reproché Mme Nagel, mercredi matin. Tu attends un événement particulier ?

Mes oreilles sont devenues brûlantes. Mme Nagel ne me quittait pas des yeux. Je n'avais aucune envie de lui dire ce que j'étais en train de faire, mais les mots sont sortis de ma bouche malgré moi :

– Je joue à la course contre la pendule.

– Comment on y joue ? a voulu savoir Joe.

– Je regarde la pendule, je détourne les yeux, je compte les secondes dans ma tête puis je vérifie sur le cadran que j'ai compté correctement. Je commence à devenir championne. Si jamais je participe à un jeu télévisé où il faut deviner le nombre de secondes écoulées, je gagnerai à tous les coups, tu peux en être sûr.

– Bien, a coupé Mme Nagel. Je pense que nous pouvons passer à un autre sujet maintenant.

Elle se trompait. Tout le monde avait envie de jouer à la course contre la pendule. Les élèves se sont mis à crier :

– Deux secondes d'écart !

– Dix-huit secondes ! Exactement ce que j'avais deviné !

– Menteur, je t'ai vu regarder ta montre !

Jusqu'à ce que Mme Nagel finisse par scotcher une feuille de papier cartonné sur le cadran de la pendule.

Elle avait beau être de dos, sa nuque m'adressait une menace muette : « Je signalerai cet incident à ton maître ! » semblait-elle dire.

J'avais envie de lui lancer mon regard qui signifie : « Tant mieux, parce que mon maître, lui, comprend pourquoi je joue à la course contre la pendule. Il sait que compter avec une partie de mon cerveau me permet d'être attentive avec l'autre partie. C'est un petit arrangement entre nous. En plus, s'il avait voulu m'empêcher de regarder la pendule, il ne l'aurait pas crié devant toute la classe. Il aurait dessiné un P majuscule avec ses doigts pour me signaler qu'il souhaitait me parler "en privé". Je l'aurais rejoint à son bureau et il m'aurait expliqué le problème à moi toute seule. D'ailleurs, mon maître me manque vraiment beaucoup. Heureusement qu'il ne sera pas absent longtemps. »

Finalement, j'ai renoncé. Ce discours n'aurait pas tenu dans un seul regard.

Le reste de la matinée s'est encore plus mal déroulé. Avant la sonnerie de la récréation, j'ai dû entendre au moins une centaine de « Clémentine, sois plus attentive ! ». Alors que, chaque fois, j'étais très attentive !

Bon, d'accord, je n'écoutais pas Mme Nagel, qui était passée du stade « ennuyeux » au stade « extra ennuyeux ». Je concentrais mon attention sur l'idée fracassante qui avait jailli dans mon cerveau lorsque j'étais passée devant le local des poubelles, la veille. Et mon idée était tout sauf ennuyeuse, croyez-moi.

Pour ne pas l'oublier, j'ai noté sur mon devoir de maths : « J'aurai bientôt vingt dollars ! »

Cent heures plus tard, on est enfin sortis de classe. Le trajet en bus a duré au moins trois cents heures de plus. Les élèves n'avaient qu'un seul sujet de conversation : cette si gentille Mme Nagel, ce qui prouve qu'elle les avait tous hypnotisés, sauf moi. Enfin, je suis arrivée à la maison.

Ma mère s'apprêtait à emmener Soja à la bibliothèque pour l'heure du conte. Elle m'a tendu une pomme et un yaourt. Comme la pomme me rappelait l'expérience de sciences de lundi, un mauvais souvenir, je l'ai fourrée dans ma poche.

Soudain, maman s'est penchée sur moi pour observer ma nuque de plus près.

– Oh, mon Dieu ! s'est-elle écriée en apercevant les marques rouges laissées par les doigts des jumeaux O'Malley.

Puis elle a examiné mes bras.

– Il n'y a pas que des pinçons, lui ai-je expliqué. Il y a aussi des piques. Dans le cou, c'est Lilly. Sur le bras droit, c'est Norris-Boris-Morris, et sur le bras gauche…

– Un enfant n'est pas une pelote à épingles, s'est offusquée maman. On ne vous apprend pas ça, à l'école ?

– Ne t'inquiète pas. J'ai changé de place. Je suis assise devant Joe et Maria à présent. Joe a les bras trop courts pour m'atteindre et Maria est une mauviette.

Je me suis interrompue puis j'ai repris :

– Attends une minute ! Maintenant que j'y pense, Maria a des doigts incroyablement durs. Très pointus, aussi. Et si jamais Joe se servait d'un crayon ? Il pourrait atteindre mes poumons par erreur, non ? Je crois que je ferais mieux de manquer l'école pendant un moment. Par exemple jusqu'à lundi…

— Ne dis pas de bêtises. Je vais écrire un mot à la remplaçante de ton maître... Quel est son nom ?

— Non, maman, pas ça ! l'ai-je suppliée.

— Et pourquoi ?

— Tu aggraverais la situation. Et elle n'est déjà pas brillante.

— Pas brillante ?

Et voilà, j'étais obligée de la mettre au courant de mes problèmes avec Mme Nagel, et de lui expliquer que l'idée de Margaret – copier Lilly – n'avait réussi qu'à m'envoyer au premier rang.

Maman s'est assise à côté de moi.

– Margaret ne t'a pas bien conseillée. Imiter ce que font les autres n'est jamais une bonne idée, m'a-t-elle expliqué. À ton avis, pourquoi as-tu autant d'ennuis avec cette remplaçante?

J'ai décollé le couvercle de mon yaourt et l'ai léché avant de répondre.

– Elle ne m'aime pas.
– C'est impossible! a affirmé maman.

Elle ne pouvait pas dire le contraire puisque je suis sa fille.

– Il y a certainement une autre raison, a-t-elle poursuivi. Si tu la découvrais, tu pourrais sans doute améliorer la situation.

Sur ce, Racine de Lotus s'est précipité vers nous. Maman l'a aussitôt attrapé au vol pour l'habiller. Je l'ai observée se démener quelques minutes; elle n'y arrivait pas.

– C'est parce qu'il joue au Spaghetti. Fais l'Arbre, ai-je ordonné à mon petit frère. Pense que tes bras sont des branches.

Ma ruse a fonctionné : Pousse de Bambou m'a obéie et maman en a profité pour lui enfiler son blouson.

– Merci, Clémentine, m'a-t-elle dit tandis qu'elle remontait la fermeture Éclair. Tu vois ? En général, si l'on veut trouver une solution, il faut d'abord comprendre d'où vient le problème.

Il me paraissait utile de retenir ce conseil alors, pour ne pas l'oublier, je l'ai noté sur mon bras.

Comme Bok Choy se prenait toujours pour un arbre et restait immobile, maman a dû le porter jusqu'au seuil de notre appartement.

– Ton père est dans la cour de l'immeuble avec les maçons, m'a-t-elle signalé. Ils commencent à construire le nouveau mur de brique du jardin. Tu veux aller les voir travailler ?

De surprise, j'ai laissé tomber ma cuillère !

J'attendais ce moment depuis un mois. Parce que j'adore les briques. J'adore le joli dessin du mortier blanc contre l'argile rouge. J'adore la précision avec laquelle chaque brique est disposée, à cheval sur deux autres briques. J'adore la régularité des murs de brique.

J'aime tellement les briques qu'à Noël, lorsqu'on a fabriqué une maison en pain d'épice, j'ai préféré monter les murs avec des tablettes de chewing-gum aux fruits rouges en guise de briques et du glaçage en guise de mortier. J'ai dépensé deux semaines d'argent de poche en chewing-gums, mais le résultat en valait la peine.

Je mourais d'envie d'observer les maçons à l'œuvre. Mais soudain, j'ai repensé au cadeau que je voulais offrir à maman et répondu :

– Non, merci. J'ai du travail cet après-midi.

Avant de mettre mon idée à exécution, j'ai fait un crochet par la chambre de mes parents pour jeter un coup d'œil au livre de mon père. Il n'avait pas beaucoup progressé.

Sous :

Un jour, le gardien d'immeuble a découvert un truc extra intéressant!

il s'était contenté d'écrire :

Alors, il l'a montré à sa fille.

J'ai pris un stylo pour ajouter :

Car, parfois, le gardien d'immeuble avait besoin de l'aide de sa fille pour ne pas dérailler.

Puis j'ai foncé au local des poubelles.

De temps en temps, mes parents regardent une émission télévisée sur les vieux objets qu'on garde chez soi. Des gens sont réunis dans une grande pièce avec leur bric-à-brac et le présentateur, qui est un expert en vieilleries, passe de l'un à l'autre en évaluant leur camelote. Parfois, il se désole :

— Oh, quel dommage d'avoir réparé votre vieux machin, à présent il ne vaut plus rien.

Dans ce cas, les participants font comme si ça leur était égal et répondent :

— Peu importe, j'y tiens beaucoup, c'est tout ce qui compte.

En fait, ils sont gênés d'avoir commis l'erreur de le réparer.

Mais parfois le présentateur s'extasie :

— Ça alors, incroyable ! Ce vieux machin a une valeur inestimable, vous voilà riche !

Dans ce cas, les participants se frappent les joues et leur bouche forme un O comme s'ils étaient trop stupéfaits pour articuler une parole. Alors le présentateur se tourne vers la caméra et déclare :

— Vous aussi, vous possédez peut-être des trésors dans votre grenier ou votre cave !

Et l'émission se termine là.

Quand je serai grande, moi je ne regarderai pas cette émission. Elle est carrément trop ennuyeuse. Mais je dois reconnaître qu'elle m'a donné une idée fracassante.

Dans le local des poubelles, entre les conteneurs d'ordures et les bacs de recyclage, il y avait des sacs. Des sacs remplis de… bric-à-brac ! Une pipe. Une cravate en tricot jaune. Quatre sets de table tressés. Un coq en porcelaine coiffé d'un chapeau de paille. Et encore d'autres vieilleries. Finalement, le présentateur de l'émission avait raison : moi aussi, je possédais des trésors !

Sur le mur au-dessus des sacs, un écriteau indiquait :

> COLLECTE AU PROFIT
> DES ŒUVRES
> DE BIENFAISANCE
>
> DONNEZ POUR UNE BONNE
> CAUSE LES OBJETS DONT
> VOUS NE VOULEZ PLUS.

Offrir un cadeau à ma mère était une sacrée bonne cause, non ?

J'ai monté les sacs dans le hall de l'immeuble puis je suis retournée chercher une table pliante, sur laquelle j'ai scotché un papier annonçant
PRIX : DONNEZ CE QUE VOUS VOULEZ.

MERCREDI

Des voisins en colère

Mme Jacobi est entrée dans le hall juste au moment où j'exposais ma première trouvaille – les sets tressés.

– Regardez-moi ces adorables sets de table ! s'est-elle exclamée. Madame Beetleman vient prendre le thé chez moi cet après-midi. Ils seront parfaitement assortis à mes tasses !

Et elle m'a donné un dollar avant de monter chez elle.

Tandis que je disposais le reste du bric-à-brac sur la table, Mme Beetleman est arrivée à son tour.

– Cet après-midi, je prends le thé chez madame Jacobi, m'a-t-elle annoncé. Un petit cadeau lui fera plaisir.

Elle a choisi le coq en porcelaine et m'a donné un dollar, elle aussi.

Ensuite, le propriétaire du sixième étage m'a acheté la cravate en tricot. Cinquante cents.

Tous les habitants de l'immeuble ont défilé les uns après les autres. Ils m'ont tous acheté quelque chose.

Alan est passé le dernier. Quand il a vu la pipe, il a fait la même tête que le présentateur de l'émission découvrant un trésor.

– Ça alors, c'est mon jour de chance ! J'ai perdu une pipe identique, la semaine dernière ! Ma préférée.

Il m'a tendu deux dollars avant de glisser la pipe dans sa poche, toujours avec le même air ravi.

J'ai compté ce que j'avais gagné… Vingt-deux dollars ! Après avoir rangé la table pliante, j'ai pris l'ascenseur jusqu'au cinquième étage pour rendre à Margaret et Mitchell les sommes qu'ils m'avaient prêtées.

Mitchell a pris son argent et m'a remerciée.

Margaret a examiné d'un œil méfiant le billet de un dollar que je lui tendais.

– Où l'as-tu laissé traîner ? a-t-elle voulu savoir.

– Nulle part. Il n'a pas quitté ma poche. Tu vois ? Il est toujours aussi propre et aussi neuf.

Elle l'a attrapé entre le pouce et l'index en grommelant et s'est empressée d'aller le laver.

Comme il était trop tard pour courir au magasin d'art, j'ai rejoint les maçons dans la cour. Margaret avait raison, j'avais de la chance ! Ils venaient de terminer leur journée de travail et voulaient bien me laisser jouer avec les briques cassées et le mortier en trop !

Tout à coup, une idée a fusé dans mon cerveau. J'ai sorti de ma poche la pomme que maman m'avait donnée, je l'ai mangée jusqu'au trognon, j'en ai retiré quelques pépins. Ensuite, j'ai creusé un petit trou dans la terre, juste à côté du nouveau mur, et je les ai plantés.

Puis j'ai construit un muret de briques autour, de façon à protéger le futur pommier. Même avec des briques cassées, c'était drôlement joli.

J'ai souri parce que, quand l'arbre serait grand, j'aurais toutes les pommes que je voudrais. J'inviterais les gens que je connais et je leur dirais :

– Servez-vous. Utilisez ces pommes pour une expérience de sciences si ça vous chante. Ou donnez-les à vos hamsters s'ils ont faim. De toute façon, il y en aura toujours de nouvelles.

Et j'ai couru chercher mes parents pour leur demander de venir voir mon œuvre.

Quand je suis entrée dans l'appartement, mon père téléphonait.

– Bien sûr que non, je ne les lui ai pas donnés, s'écriait-il. Je n'étais pas au courant.

Il avait l'air très en colère. Contempler mon mur lui remonterait sûrement le moral.

Dès qu'il a raccroché, je lui ai demandé s'il voulait venir admirer ma création.

– Non, a-t-il répondu. Tout ce que tu as créé, c'est un sacré bazar ! On ne me parle que de ça depuis une demi-heure !

– Quoi ?

– C'était madame Beetleman au téléphone. En allant prendre le thé chez madame Jacobi, elle a vu les sets de table qu'elle avait offerts aux Heinz pour leur anniversaire de mariage. Apparemment, ils s'en étaient débarrassés. Résultat, elle ne veut plus leur parler.

– Oh.

– Et ce n'est pas tout, a poursuivi mon père. Madame Jacobi m'a appelé, elle aussi. Madame Beetleman lui a offert un petit coq en porcelaine. C'est celui que madame Jacobi avait donné au voisin du sixième comme cadeau d'anniversaire. À présent, elle est furieuse contre lui. Quand il est monté chez elle pour s'excuser, les Heinz étaient là. Ils expliquaient l'histoire des sets de table. Or le voisin du sixième portait une cravate jaune. Celle que la mère de madame Heinz avait tricotée pour monsieur Heinz. Si bien que maintenant, madame Heinz ne parle plus à monsieur Heinz qui, lui, ne parle plus au voisin du sixième. Clémentine, je redoute de te poser cette question, mais à combien de personnes as-tu vendu des objets ?

– À tout le monde, ai-je avoué.

Mon père s'est frappé le front.

– Ce n'est donc qu'un début, s'est-il lamenté. Et tous m'accusent d'être responsable de cet embrouillamini.

Maman est intervenue.

– Écoute, Bill, une fois calmés ils se rendront compte que ce n'est pas ta faute. Ce n'est pas non plus celle de Clémentine, d'ailleurs... Enfin, pas *entièrement*. Comment pouvait-elle savoir à qui appartenaient ces objets ?

Papa n'a rien répondu.

– Et si j'allais leur demander pardon à tous demain après l'école ? ai-je suggéré.

– Ce serait une bonne chose, Clém, a-t-il admis. Il faudra aussi leur proposer de racheter les objets que tu leur as vendus.

Ah non. Ça, ce n'était carrément pas juste. Mais papa avait l'air tellement fâché que je n'ai rien répliqué.

Plus tard, ce soir-là, alors que j'essayais de ne pas penser à quel point mon père m'avait semblé en colère, il est entré dans ma chambre.

Il s'est assis sur mon lit. Il tenait le livre que j'avais commencé pour lui.

Je l'ai montré du doigt.

– C'est à cause de lui, tout ça, ai-je expliqué. Je voulais acheter un cadeau à maman pour qu'elle ne soit pas jalouse.

Il m'a dévisagée un moment avant d'affirmer :

– Mais tu te trompes, Clém. Jamais ta mère ne serait jalouse parce que tu veux me faire plaisir.

– Margaret dit que c'est une règle : si tu fais plaisir à l'un, il faut aussi faire plaisir à l'autre.

– C'est peut-être la règle de Margaret, mais pas la nôtre. Je suis toujours content que tu fasses plaisir à ta mère et elle est toujours contente que tu me fasses plaisir. Quand on aime les gens, on *veut* qu'ils soient contents. Tu ne crois pas ?

J'ai réfléchi un instant puis hoché la tête.

Papa m'a tendu son livre ouvert.

J'ai lu :

Parfois, la fille du gardien d'immeuble était trop impulsive. Il lui arrivait d'agir sans penser aux conséquences. Cela lui attirait beaucoup d'ennuis. Parfois, cela en attirait aussi à son père.

J'ai pris mon stylo et écrit juste en dessous :

Elle le regrettait sincèrement.

J'allais montrer ma phrase à papa quand je me suis ravisée.

J'ai ajouté :

Très sincèrement.

Puis j'ai pensé à ajouter :

Alors, il lui pardonnait!

Papa m'a pris le stylo des mains pour écrire :

Le gardien d'immeuble savait que sa fille était désolée et, comme il l'aimait beaucoup, il lui pardonnait toujours. Mais il s'inquiétait pour elle. Il craignait qu'elle se sente coupable si elle s'attirait trop d'ennuis en étant impulsive. Il espérait qu'elle réfléchirait davantage à ce qui risquait d'arriver avant d'agir.

J'ai lu attentivement son paragraphe, puis j'ai inscrit :

La fille du gardien d'immeuble était drôlement contente d'être pardonnée. Elle promit à son père que, désormais, elle réfléchirait AVANT d'agir.

Papa a repris le stylo.

Alors le gardien d'immeuble se sentit très fier de sa fille.

Je me suis glissée contre mon père pour qu'il me serre dans ses bras en murmurant :
— Je crois que c'est un très bon livre.
— Moi aussi, a-t-il chuchoté. Ce sera certainement un best-seller.

JEUDI

Encore des ennuis !

Jeudi matin, dans le bus qui nous emmenait à l'école, Margaret m'a demandé si tout se passait bien avec la remplaçante de mon maître.

– Pas vraiment, ai-je avoué.

Sans lui laisser le temps de me donner des conseils aussi nuls que celui de copier Lilly, je lui ai raconté que mon père s'était fâché contre moi la veille. À ma grande surprise, au lieu d'énumérer d'un air supérieur la liste de mes torts, Margaret s'est mise à pleurer.

– Qu'est-ce que tu as ? me suis-je inquiétée.

J'ai été encore plus surprise de la voir essuyer ses larmes avec mon blouson. Il devait être infesté par des millions de microbes.

– Mon père ne peut pas venir nous voir ce mois-ci. La fille qui joue dans sa publicité pour un médicament anti-rhume s'est cassé le pied. Plus question pour elle de traverser son jardin courant et criant qu'elle respire à nouveau librement. Mon père est obligé de trouver une autre actrice et de tout recommencer.

— Je suis vraiment désolée, Margaret.

J'étais sincère. Margaret et Mitchell attendaient chaque mois avec impatience la visite de leur père.

— Tu as une chance folle, et tu ne t'en rends pas compte ! a-t-elle gémi en reniflant un grand coup.

— Qu'est-ce que tu racontes ? ai-je demandé. Pourquoi j'ai de la chance ?

— Parce que tu vois ton père tous les jours.

— Mais toi aussi tu as de la chance, lui ai-je assuré. Quand ton père vient, il s'occupe de toi pendant une semaine entière. Sans travailler. À chaque fois, tu as l'impression d'être en vacances. Mon père, lui, travaille tout le temps.

— C'est vrai, a admis Margaret.

— Et tu as le droit de dormir à l'hôtel avec lui, de profiter du petit-déjeuner au lit, de retirer le plastique qui enveloppe les gobelets de la salle de bains. Et pense à la bande de papier autour du siège des toilettes où il est écrit : « Désinfecté pour votre protection », tu l'adores !

Margaret a hoché la tête. Son visage s'est un peu éclairé.

– En plus, tu vas parfois à Hollywood pour assister au tournage des publicités ! Un jour, ton père te confiera peut-être un rôle !

On est restées une minute sans parler à se demander laquelle de nous était la plus chanceuse.

– Je crois qu'on a de la chance toutes les deux, a fini par reconnaître Margaret. Mais pas le même genre de chance.

Malheureusement, une fois arrivée à l'école, ma chance s'est envolée.

Pendant le cours de maths, Mme Nagel a inscrit un problème difficile au tableau, puis elle a demandé si l'un de nous savait le résoudre. J'ai levé la main et donné la solution.

Si mon vrai maître avait été là, il se serait tapoté le nez en souriant. Ça signifie : « En plein dans le mille ! Bien vu ! »

Mais Mme Nagel a déclaré, l'air contrariée :

– C'est la bonne réponse, Clémentine. Seulement, je ne demandais pas la solution. Je voulais juste savoir si quelqu'un la connaissait.

Elle aurait aussi bien pu dire : « Tu ne seras jamais une bonne élève, Clémentine. »

Le problème étant résolu, elle l'a effacé. Elle a frotté le tableau avec une telle vigueur que j'ai cru qu'elle allait en décoller la peinture verte.

Ensuite, pendant la leçon d'écriture, elle nous a obligés à lire notre journal de bord à haute voix.

– Notre maître ne nous fait jamais lire notre journal à haute voix, ai-je protesté.

– Peut-être, mais monsieur Itiot est absent et je le remplace, m'a-t-elle rappelé.

Comme si j'avais oublié !

– Donc, aujourd'hui, vous lirez votre journal de bord à haute voix, a-t-elle conclu.

Du coup, toute la classe a appris que j'adorais les briques. Ce n'était plus un secret.

Ensuite, Mme Nagel a été méchante avec moi au moins trois fois. Heureusement, j'ai fini par comprendre pourquoi je m'attirais autant d'ennuis. Aussitôt j'ai levé la main et demandé la permission d'aller chez la directrice.

– D'accord, a répondu Mme Nagel.

Ce qui signifiait sûrement : « Parfait, je vais enfin pouvoir travailler avec les bons élèves. » Cette pensée m'a rendue encore plus furieuse. J'ai traversé le couloir en tapant des pieds de toutes mes forces. Les fondations de l'école pouvaient bien s'écrouler, je m'en fichais.

Quand je suis entrée dans son bureau, Mme Pain m'a jeté un coup d'œil puis elle m'a demandé :

– Alors Clémentine, tu veux me raconter ce qui ne va pas aujourd'hui ?

– Pas tout de suite, ai-je répondu. Au fait, vous aimez les tatouages ?

– Pas trop. Et toi ?

– Beaucoup.

J'ai respiré à fond avant de me lancer :

– Bon, maintenant, je vais vous raconter. Je ne peux pas deviner les règles de travail de madame Nagel. Elle ne suit pas les mêmes que mon maître et, quand elle les annonce, c'est trop tard, j'ai déjà des ennuis. Ce n'est pas juste. Je me demandais si vous pourriez faire revenir monsieur Itiot un peu plus tôt. Aujourd'hui, par exemple. Vous pourriez lui téléphoner et le convaincre de manquer la fin de ce truc-de-préparation-pour-le-voyage-en-Égypte ? Il n'a pas envie d'y aller, de toute façon.

– Non, je regrette, Clémentine. D'ailleurs, je viens juste de lui parler, il passe une excellente semaine.

J'ai croisé les bras et senti la colère monter. La directrice a repris :

— Clémentine, tu ne crois pas que madame Nagel se heurte au même problème que toi ? Elle non plus ne peut pas deviner les règles de travail de monsieur Itiot. C'est difficile d'être remplaçante et de s'adapter à une nouvelle école. Peut-être pourrais-tu l'aider en lui expliquant comment fonctionne ta classe d'habitude ?

— Non, ai-je grondé. Je ne crois pas.

Mme Pain s'est contentée de me fixer jusqu'à ce que ma bouche, comme hypnotisée, articule :

— Bon, d'accord, *quelqu'un* devrait s'en charger.

Je l'ai défiée du regard en prononçant « quelqu'un », pourtant elle n'a pas baissé les yeux.

– Un élève de sixième, peut-être. Mais pas moi, ai-je affirmé.

Mme Pain s'est appuyée au dossier de sa chaise.

– Dommage, a-t-elle soupiré. Je suis sûre que tu aurais parfaitement réussi.

Puis elle s'est levée.

– Allons dans ta classe. Monsieur Itiot m'a chargée de vous remercier pour vos gentilles cartes porte-bonheur. Il m'a aussi demandé de vous présenter les sujets qu'il étudie cette semaine.

Elle m'a tendu son dictionnaire.

– Cherche « momification ». Ainsi tu pourras expliquer à tes camarades ce que monsieur Itiot étudie.

J'ai lu la définition de ce mot et Mme Pain m'a raccompagnée en classe.

Elle a annoncé que notre maître avait beaucoup aimé nos jolies cartes, qu'il passait une semaine merveilleuse et qu'il avait approfondi ses connaissances sur la momification. Puis elle s'est tournée vers moi.

– À présent, Clémentine va vous expliquer en quoi consiste la momification.

– D'abord, on enlève les intestins du mort avec une cuillère, ai-je commencé. Puis on récupère son cerveau en le faisant passer par son nez. Si, pendant cette opération, la momie éternue, des morceaux de cervelle volent jusqu'au plafond. On est obligé de les racler avec une pelle…

Mme Pain a toussoté d'un air sévère.

– Bon, d'accord, ai-je admis, ça ne doit pas arriver souvent. N'empêche, la momification, c'est dégoûtant. En plus, sous leurs bandelettes, les momies sont toutes nues !

Mme Pain a poussé un soupir et conclu :
– Merci, Clémentine, pour ces explications éclairantes.

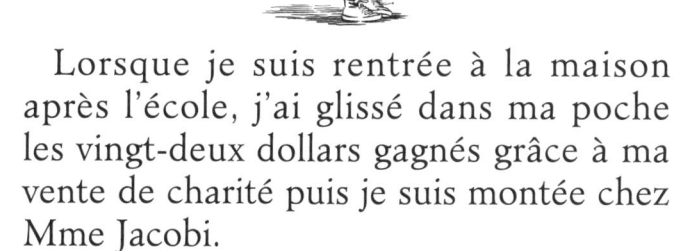

Lorsque je suis rentrée à la maison après l'école, j'ai glissé dans ma poche les vingt-deux dollars gagnés grâce à ma vente de charité puis je suis montée chez Mme Jacobi.

Dès qu'elle m'a ouvert, j'ai débité d'une traite :

– Bonjour-madame-Jacobi-je-suis-désolée-de-vous-avoir-vendu-des-objets-ayant-appartenu-aux-autres-voisins-voici-votre-argent-si-vous-le-voulez.

Mme Jacobi m'a dévisagée comme si j'avais perdu la tête.

– J'adore mes sets de table, a-t-elle protesté. Je ne veux pas que tu me rembourses.

Même réaction à l'appartement suivant. Et au suivant. Et encore au suivant. Tous les copropriétaires semblaient me prendre pour une folle. Les bricoles qu'ils m'avaient achetées leur plaisaient beaucoup. Personne ne voulait récupérer son argent. Enfin, j'ai sonné chez Margaret et Mitchell.

Dès qu'il m'a vue, Mitchell a souri de toutes ses dents.

– Salut, Clémentine !
– Salut ! Est-ce qu'Alan est là ?
– Eh non ! s'est-il exclamé.

Son sourire s'est encore élargi.

– Pourquoi ? me suis-je inquiétée.

Il a affiché un sourire tellement immense que j'ai cru que son visage allait se fendre en deux.

– Tu te souviens de la pipe que tu lui as vendue ? Et qui ressemblait comme deux gouttes d'eau à celle qu'il avait perdue ? Eh bien, c'était la sienne. Ma mère s'en était débarrassée ! Il est tellement vexé qu'il refuse de venir chez nous. Merci, Clémentine !

En général, quand on me remercie, ça me fait plaisir. Mais pas cette fois.

J'ai quand même articulé :

– De rien.

Tout à coup, j'ai réalisé que j'avais assez d'argent pour acheter le cadeau de maman !

– Mitchell, me suis-je écriée, il faut qu'on retourne tout de suite au magasin d'art !

– OK, a-t-il simplement répondu.

Ce qui est formidable avec Mitchell, c'est qu'il est toujours d'accord pour me rendre service. Si j'avais demandé à Margaret, elle m'aurait posé une centaine de questions avant de me démontrer par une centaine d'arguments que mon idée était stupide et qu'elle en avait une bien meilleure.

Mitchell n'est pas comme sa sœur. Il se contente de dire OK. Si un jour j'ai un petit ami, ce qui n'arrivera jamais, ça pourrait être lui.

– Emmenons ton frère avec nous, a-t-il proposé.

Ça aussi, c'est formidable. Mitchell aime beaucoup mon frère. Et mon frère l'aime beaucoup aussi.

On est descendus chercher Ciboule, qu'on a attaché dans sa poussette.

Mitchell s'est penché vers lui.

– On fait la course ? a-t-il proposé.

En guise de réponse, Bok Choy a poussé un cri strident – sa manière de dire oui quand il est trop excité pour parler. Il crie souvent en présence de Mitchell.

Ils ont démarré sur les chapeaux de roues. Mitchell filait aussi vite qu'il le pouvait en slalomant entre les passants. Pousse de Bambou criait comme un fou parce qu'il adore la vitesse et qu'il adore entendre sa voix tressauter lorsque la poussette rebondit sur les bosses du trottoir.

Je les ai suivis en courant. En cinq minutes, on était arrivés au magasin.

Hors d'haleine, j'ai plaqué mon argent sur le comptoir.

– Te voilà de retour, a constaté le vendeur. Comment se porte ta grand-tante Rose ?

– Je ne sais pas trop, je ne l'ai pas vue cette semaine. Et la vôtre, comment se porte-t-elle ?

– Je ne sais pas trop non plus, je ne l'ai pas vue cette semaine.

Cet échange de politesses terminé, le vendeur a emballé le coffret à peinture dans un sac que j'ai attaché au siège de la poussette et on a repris le chemin de la maison.

J'ai averti Mitchell :

– Course de poussette interdite au retour !

Mitchell et Salsifis m'ont contemplée d'un air désolé comme si je venais de leur briser le cœur. Mais j'ai tenu bon.

– Je regrette. Pas question de courir avec un objet d'aussi grande valeur dans la poussette.

Voilà ce qui s'appelle Être Responsable.

JEUDI

Une soirée sur le toit

Quand nous sommes arrivés à la maison, j'ai trouvé un petit mot de maman :

Suis allée livrer mes dessins.
Papa est dans la cour avec les maçons.

Je suis partie le rejoindre avec Radis Noir. Il avait hurlé comme un fou tout le long du chemin, et il commençait à s'endormir dans sa poussette. Je me suis assise sur le banc, à côté de mon père.

– Qu'est-ce qu'il y a dans ce sac ? a-t-il demandé en prenant Petit Chou Chinois sur ses genoux.

J'ai sorti le coffret en bois afin de le lui montrer.

– Un cadeau pour maman. Elle va adorer. Elle pourra y ranger son matériel de peinture.

– Waouh! s'est exclamé papa. Je suis certain qu'elle va l'adorer. Mais on a déjà discuté de cette histoire de cadeaux. Tu n'es pas obligée...

– Je sais. J'ai juste pensé à quel point elle serait contente. Et j'ai envie de la voir faire sa tête « Waouh je rêve! » quand elle le découvrira.

Papa a souri.

– Moi aussi, j'aime bien la voir faire cette tête. Bon, je crois que ta générosité rattrape ton impulsivité de l'autre jour. C'est toujours une excellente raison de vouloir faire plaisir à quelqu'un.

– Est-ce que les copropriétaires sont toujours fâchés les uns avec les autres? ai-je demandé.

Il a confirmé d'un hochement de tête.

– Disons que l'atmosphère était encore un peu glaciale dans l'ascenseur, aujourd'hui.

– Si j'ai bien compris, ils voulaient se débarrasser de ces bricoles sans que les autres le sachent?

Il a de nouveau confirmé.

– C'est pour ça qu'ils les avaient déposées dans des sacs.

– Mais je l'ignorais, moi, ai-je protesté.

– Je sais, m'a rassurée papa.

– Je préfère connaître les règles à l'avance. Ça m'évite de faire des bêtises.

– Je comprends.

Nous sommes restés silencieux quelques minutes à regarder les maçons finir de monter le mur. Tout à coup, une idée a jailli dans mon cerveau. Je l'ai aussitôt confiée à mon père.

– Pourquoi pas ? Il reste assez de briques et assez d'argent dans le budget des travaux d'amélioration de l'immeuble.

On a donc demandé aux maçons s'ils avaient le temps de construire un bac là où les copropriétaires entreposaient les bricoles pour les œuvres de bienfaisance. Les maçons ont accepté.

Une fois le bac terminé, papa et moi avons fabriqué un couvercle en bois qu'il suffisait de soulever pour jeter ce qu'on voulait à l'intérieur.

Puis j'ai rédigé le panneau suivant :

PRIVÉ !
Interdiction de sortir les objets déposés et de les vendre !

Avant de scotcher mon panneau, je l'ai décoré de plusieurs smileys et j'ai ajouté « Désolée ! » à plusieurs endroits. Pour finir, j'ai glissé à l'intérieur les deux dollars qui me restaient.

– Voilà qui devrait rendre le sourire à tous les habitants de l'immeuble, a approuvé papa.

« Presque tous », ai-je pensé en songeant à la tristesse de Margaret ce matin. Alors j'ai proposé à papa :

– Si on dînait sur le toit-terrasse, ce soir ? On pourrait jouer à *Destins-Le Jeu de la vie* et inviter Margaret et Mitchell ?

Je lui ai expliqué que leur père ne viendrait pas ce mois-ci et que Margaret avait pleuré.

– Tu pourrais être le remplaçant de son père juste pour ce soir ? ai-je demandé.

– Le remplaçant ? Je ne sais pas trop. Margaret me paraît un peu… spéciale. Je ne suis pas certain de comprendre ses règles.

– Oh ne t'inquiète pas. Tu n'as qu'à te conduire comme d'habitude.

– D'accord, a-t-il cédé, j'accepte.

On a regagné l'appartement avec Lentille. J'ai aussitôt téléphoné à Margaret et Mitchell pour leur demander s'ils voulaient partager des pizzas avec nous sur le toit-terrasse ce soir.

– Ouf, tu nous sauves la vie ! a applaudi Margaret. Maman est en train de préparer un dîner spécial « je-te-demande-pardon » pour Alan. Elle a prévu un pain de viande. Avec plein d'oignons. Et il va certainement l'embrasser !

Juste au moment où je raccrochais, ma mère est rentrée, l'air un peu abattue. Elle a brandi ses dessins.

– Mon client ne les a pas aimés. Pas assez « tordants ». Trop débordants.

Moi, je lui ai dit que je les trouvais parfaits, « tordants » juste comme il faut et pas débordants pour deux sous.

– Attends, j'ai le truc idéal qui va te remonter le moral !

Je l'ai obligée à s'asseoir.

– Ferme les yeux, lui ai-je ordonné avant de poser le coffret à peinture de luxe sur ses genoux.

Quand elle l'a découvert, elle était tellement excitée qu'elle ne parvenait plus à terminer ses phrases. D'habitude, c'est mauvais signe, mais pas cette fois-ci.

– Regarde tous ces... pour mes pinceaux... Il y a même... Maintenant ton petit frère ne pourra plus... !

Et tout en s'extasiant, elle faisait sa tête « Waouh je rêve ! ». Je la trouve si jolie comme ça qu'un jour, je la dessinerai avec un maximum de couleurs.

Sur ce, Topinambour s'est réveillé et il a fallu attendre qu'il dise bonjour à ses pieds et qu'il nous les présente comme si on ne les avait jamais rencontrés. Puis maman lui a donné les vieilles boîtes en fer où elle rangeait son matériel.

– C'est ton jour de chance ! lui a-t-elle expliqué. Toi aussi tu as droit à un cadeau !

Avec un grand sourire, Melon s'est mis à cogner les boîtes en fer l'une contre l'autre.

– Hé, une minute, a dit maman. Est-ce que tu en veux une, Clémentine ?

Aussitôt, sans même réfléchir, j'ai répondu :

– Non, il peut les garder toutes les deux. Ça ne me dérange pas.

Et c'était vrai !

Mon père m'a adressé un clin d'œil. Je l'ai trouvé si beau comme ça que je me suis promis de le dessiner un jour lui aussi.

Ensuite, on a commandé deux pizzas géantes et on est montés chercher Margaret et Mitchell. Une fois sur le toit-terrasse, on n'a pas joué à *Destins-Le Jeu de la vie* parce qu'il y avait un tas d'autres choses à faire, là-haut.

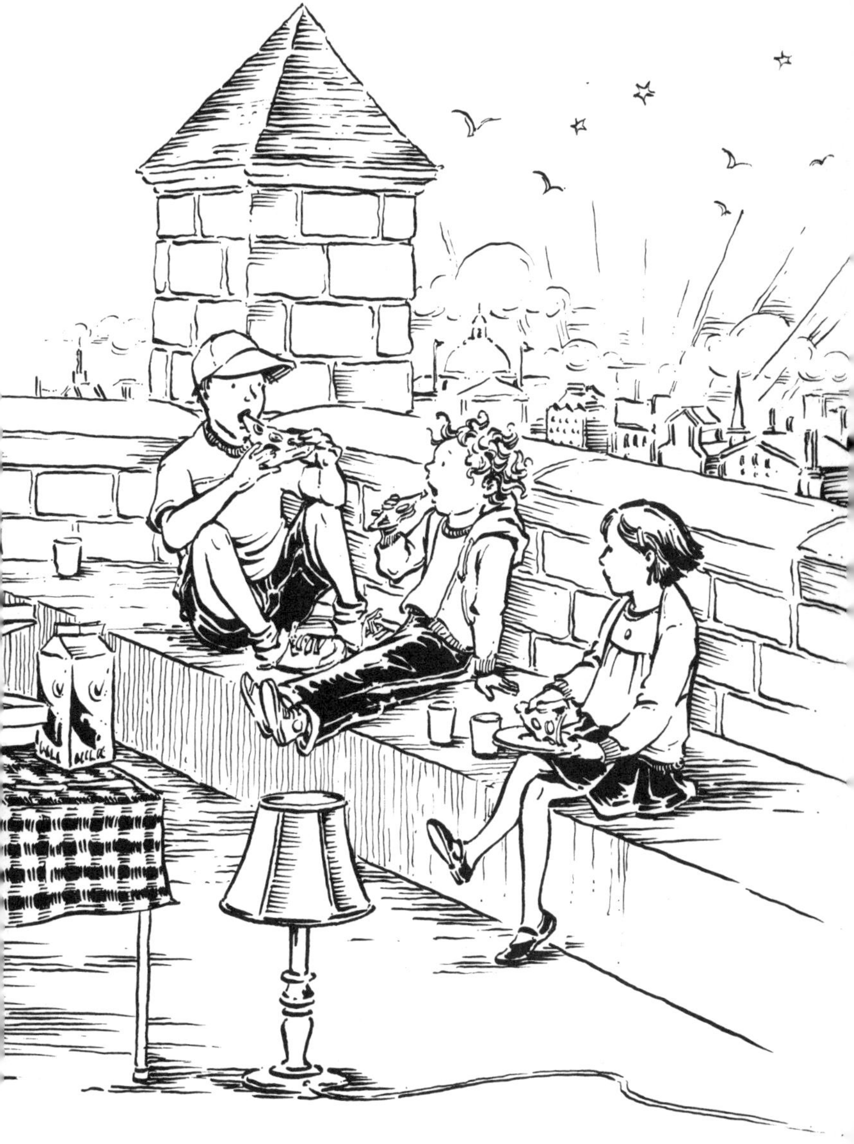

Pendant que le soleil se couchait, j'ai dressé la liste de toutes les couleurs que je distinguais dans les nuages, au-dessus de Boston. J'en ai trouvé trente-trois.

Ensuite, Mitchell nous a indiqué la direction de Fenway Park, le stade de baseball. Il nous a raconté l'histoire de toutes les balles qui en avaient été éjectées au cours de la saison, quels joueurs les avaient frappées, jusqu'où elles avaient volé, quelles équipes avaient gagné.

Puis on a braqué la lampe à la manière d'un projecteur sur Margaret, qui nous a interprété les publicités de son père. À la fin de chacune, papa applaudissait comme un fou en criant :

– J'achète ce produit sans aucune hésitation !

Ravie, Margaret souriait jusqu'aux oreilles, et les bagues sur ses dents étincelaient dans la lumière.

Même Épinard a fait son numéro : dès que Mitchell lui adressait un clin d'œil, il poussait un cri strident.

Au moment de ranger nos affaires pour rentrer, Mitchell m'a demandé des nouvelles de mon maître.

— Alors, il est parti camper ?

— Non, il ne part plus. Il ne trahira pas sa promesse. De toute façon, il n'avait pas envie d'y aller.

— Heureusement qu'il a changé d'avis.

— En fait, ai-je avoué, il n'a pas vraiment changé d'avis.

Je lui ai parlé de ma lettre secrète aux membres du jury.

Mitchell s'est immobilisé et m'a dévisagée avec des yeux ronds.

— Tu as utilisé toutes les horreurs que je t'ai racontées sur Flageolet MacProut pour décrire ton maître ? s'est-il étranglé. Et s'il lit ta lettre ?

— Il ne la lira pas, l'ai-je tranquillisé. Elle est adressée aux membres du jury.

— Tu en es sûre ?

— Évidemment !

Bon, d'accord, je n'en étais plus si sûre tout à coup.

De retour à l'appartement, pendant que mes parents couchaient Laitue, je suis allée dans leur chambre. J'ai ouvert le livre de papa et cherché la page où il disait que le gardien d'immeuble était fier de sa fille parce qu'elle promettait, à l'avenir, de réfléchir avant d'agir.

J'ai ajouté :
Mais peut-être qu'elle n'était pas très douée pour ça.

VENDREDI

Et le gagnant est...

Vendredi matin, je me suis réveillée assez excitée : c'était le dernier jour où j'aurais à supporter Mme Nagel.

En même temps, je me sentais un peu inquiète, comme si une catastrophe était sur le point de se produire, sans que je sache laquelle.

J'ai compris en arrivant à l'école.

– Nous partirons à l'hôtel de ville après le déjeuner pour assister à la cérémonie où sera désigné le vainqueur du concours des Enseignants Aventuriers, a annoncé Mme Nagel. La cérémonie débute à une heure par la lecture des lettres adressées au jury.

– Comment ça, la lecture des lettres ? ai-je lancé. La lecture à haute voix ?

– Je ne sais pas. Il est simplement écrit sur l'invitation : « Lecture des lettres. Proclamation du vainqueur. Discours. »

J'en ai eu une crise cardiaque. Toute la matinée, je suis restée immobile sur ma chaise, trop oppressée pour remuer un orteil. Je me tenais si tranquille que je n'ai pas eu droit à un seul « Clémentine-sois-plus-attentive ! ». Apparemment, les crises cardiaques avaient au moins cet avantage.

Puis le moment de partir est venu. Pendant que les élèves enfilaient leur blouson, je suis restée à l'écart sans bouger.

– Tu vas bien, Clémentine ? s'est inquiétée Mme Nagel.

– Je fais une crise cardiaque, ai-je expliqué. Je devrais rentrer à la maison.

Elle m'a regardée en plissant les yeux.

– À mon avis, tu te trompes. C'est plutôt l'émotion d'assister à une cérémonie à l'hôtel de ville qui te rend nerveuse.

J'ai été obligée de sortir de l'école avec Mme Nagel, et elle s'est assise à côté de moi dans le bus.

– Je suis contente d'avoir l'occasion de bavarder avec toi, a-t-elle commencé. Nous n'avons pas passé une très bonne semaine ensemble, toi et moi.

Puisque j'allais bientôt mourir de ma crise cardiaque, je pouvais lui avouer la vérité.

– Je n'ai pas réussi à deviner une seule de vos règles.

– Qu'est-ce que tu veux dire ?

J'ai respiré à fond avant de me lancer :

– Vos règles de travail sont différentes de celles de mon maître. J'ai mis longtemps à apprendre les siennes, mais j'y suis arrivée. Lundi, quand j'ai vu les quartiers de pommes dans les assiettes, je me suis souvenue de sa règle « D'abord nourrir les hamsters », mais je n'ai pas deviné que la vôtre était : « Il ne faut pas toucher aux pommes, on va faire une expérience de sciences ». Hier, quand vous avez écrit le problème de maths au tableau, j'ai aussitôt pensé à notre règle « Le premier qui trouve la solution peut la dire aux autres », sans savoir que la vôtre était : « Ne pas donner la solution à voix haute ». Le premier jour, quand vous avez distribué des feuilles, je me suis rappelé la règle « Écrivez votre nom en haut, à droite », je ne connaissais pas la vôtre : « N'inscrivez rien pour l'instant ».

J'ai repris mon souffle et ajouté :

– J'aime bien connaître les règles à l'avance. Ça m'évite de faire des bêtises.

– Oh, s'est étonnée Mme Nagel.

Au bout d'un moment, elle a déclaré :

– Je comprends. Je regrette qu'on n'en ait pas discuté lundi.

– Moi aussi. Mais, lundi, je ne savais pas quel était le problème.

Je lui ai montré mon bras-mémo sur lequel j'avais inscrit le conseil de ma mère : *SI L'ON VEUT TROUVER UNE SOLUTION, IL FAUT D'ABORD COMPRENDRE D'OÙ VIENT LE PROBLÈME.*

Mme Nagel l'a observé attentivement, puis elle a sorti un feutre pour écrire la même chose sur son bras ! Je n'invente rien !

– Merci pour cet excellent conseil, a-t-elle dit.

Bouche bée, j'ai fixé son bras pendant une longue minute avant de répondre :

– Je vous en prie.

– Dis-moi, Clémentine, a enchaîné Mme Nagel. Si ton maître gagne le voyage en Égypte, je resterai jusqu'à la fin de l'année. Tu voudras bien me mettre au courant des règles de ta classe ? Parce que je ne les connais pas.

J'ai accepté même si je savais que mon maître ne gagnerait pas le voyage à cause de la lettre désastreuse que j'avais écrite. Rien que le fait d'y penser a aggravé ma crise cardiaque.

Le temps qu'on arrive à l'hôtel de ville, j'étais presque morte.

Les deux autres classes participantes attendaient déjà dans le hall.

L'une était une classe de lycéens qui n'arrêtaient pas de se pousser, et l'autre une classe de petits de maternelle, qui se poussaient aussi sauf qu'ils étaient tous à quatre pattes parce que les grands les avaient renversés.

Avant qu'on ait eu le temps de se joindre à la bousculade, on nous a invités à nous rendre dans la salle de conférence.

Les lycéens sont entrés les premiers à la queue leu leu en se bousculant pour s'installer à droite.

Puis les élèves de maternelle sont entrés pour s'installer à gauche. Malheureusement, quand ils ont voulu s'asseoir, ça ne s'est pas très bien passé.

Ils étaient si légers qu'à peine assis ils se retrouvaient plaqués contre les dossiers car les sièges se refermaient sur eux comme des mâchoires d'alligators sur des grenouilles. La pagaïe a duré plusieurs minutes. Imaginez dix-neuf enfants qui hurlaient à chaque fois qu'un fauteuil les avalait !

J'ai entendu Mme Pain murmurer à Mme Nagel :

– Espérons que nos élèves pèsent assez lourd ! Sinon l'association des parents va nous tomber sur le dos !

Finalement, quelqu'un a apporté dix-neuf énormes livres de droit que les petits de maternelle ont posés sur leurs genoux, et le problème a été réglé.

Ensuite notre classe a pris place au milieu de la salle.

Devant nous, quatre personnes patientaient, assises à une longue table sur laquelle un écriteau indiquait : MEMBRES DU JURY. L'un d'eux portait un badge et affichait un air très sérieux, c'était sûrement le chef.

Derrière le jury, se trouvaient les trois candidats au concours des Enseignants Aventuriers.

J'ai détourné les yeux pour ne pas voir M. Itiot.

Le chef du jury s'est levé.

– Nous allons écouter la lecture de trois lettres, une par enseignant inscrit, a-t-il annoncé. Puis nous vous ferons connaître notre décision finale.

La maîtresse des maternelles a fait signe à une minuscule fillette qui n'avait plus une seule dent de devant.

La petite a eu l'air soulagée d'échapper à son fauteuil-alligator, probablement parce qu'elle ne pouvait pas se venger en le mordant à son tour.

Elle a expliqué aux juges pourquoi sa maîtresse devait gagner.

– Ch'est la maîtrèche la plus chuper, a-t-elle articulé.

Après ça, je n'ai plus compris un seul mot. Les membres du jury non plus à mon avis, même s'ils souriaient en hochant la tête.

Le professeur des lycéens a invité l'un de ses élèves à monter sur l'estrade. Un garçon aux cheveux violets dressés en pointes sur le crâne s'est levé et a fait semblant de bâiller pour montrer qu'il n'avait pas peur de lire sa lettre devant nous.

Il avait beau avoir toutes ses dents, je n'ai rien compris non plus à ce qu'il racontait. Il était question de tests de niveau, d'atmosphère de travail et d'autres expressions compliquées – qu'il inventait, à mon avis. Malgré tout, les membres du jury l'ont écouté jusqu'au bout en souriant et en hochant la tête.

Puis M. Itiot s'est levé. Les membres du jury lui ont remis une grosse enveloppe d'où il a tiré une feuille de papier.

– Clémentine, tu veux bien nous lire ta lettre ? a-t-il demandé.

Scotchée sur mon fauteuil, j'ai secoué la tête avec vigueur en le fusillant du regard.

Il a hoché la tête avec insistance en me foudroyant du coin de l'œil.

Mes yeux lui ont décoché des flèches mortelles.

Je ne lui ai pas fait mes yeux de murène, parce que ça n'aurait servi à rien. Il me réservait son arme la plus efficace : ses yeux-laser !

Les yeux-laser sont les plus puissants de tous. Ils m'ont hypnotisée, obligée à me lever et à marcher jusqu'à l'estrade. M. Itiot m'a tendu ma lettre. Je l'ai prise. Et j'ai commencé à lire.

— Il y a certaines choses que je dois vous dire à propos de mon maître. Si vous allez camper avec lui, et qu'il y a des haricots au menu...

J'ai jeté un coup d'œil en douce à M. Itiot. Je tenais à le regarder une dernière fois avant qu'il me déteste pour toujours.

Son visage radieux et son grand sourire clamaient : « Je vais partir en Égypte grâce à Clémentine. »

La feuille m'est tombée des mains. Le chef du jury l'a ramassée et me l'a tendue mais je l'ai repoussée en secouant la tête.

— Merci, je n'en ai pas besoin. Je sais ce que je veux vous dire sur mon maître.

Et je me suis lancée de nouveau.

Sauf que j'ai transformé tout ce que j'avais écrit dans ma lettre secrète.

— Si vous allez camper avec lui, et qu'il y a des haricots au menu, ce sera une vraie chance. Parce que même si vous ne savez pas les faire cuire, tout se passera bien. Mon maître ne dira jamais : « Comment se fait-il que tu ne saches pas préparer les haricots ? Je te l'ai appris la semaine dernière ! » Non. Il dira plutôt : « Tiens, je vois que tu vas faire cuire des haricots. Je sais que tu réussiras parce que tu es plein de talents et de ressources. Tu vas sans doute commencer par ouvrir la boîte de conserve et te munir d'une casserole propre. » Et sans que vous vous en aperceviez, il vous apprendra à faire cuire les haricots. Et le plus incroyable, c'est que vous croirez avoir appris tout seul ! En plus, vous penserez qu'il n'y a rien de plus intéressant au monde que de faire cuire des haricots, parce qu'avec mon maître, tout devient intéressant. Même les choses que les autres trouvent bizarres ! Et tous les matins, en arrivant à l'école – heu, je veux dire en partant camper avec lui – vous serez impatients de découvrir ce qu'il a prévu pour la journée. Quand ce sera l'heure de rentrer à la maison, vous serez un peu déçus parce que la journée aura vraiment été excellente. Mais vous saurez que ce n'est pas grave puisqu'il a plein de projets formidables et qu'il sera encore là le lendemain. Et…

Une main s'est posée sur mon épaule. J'ai levé les yeux. C'était Mme Pain.

– Merci, Clémentine, m'a-t-elle dit.

– Je n'ai pas fini, ai-je protesté. J'ai encore plein de choses à raconter.

– Je sais. Mais ça suffit pour l'instant.

Elle m'a raccompagnée à ma place, ce qui était une bonne chose, parce que ma crise cardiaque venait d'atteindre mes yeux et je voyais flou.

Alors les membres du jury se sont levés et dirigés vers... mon maître. Ils lui ont serré la main en souriant. Puis ils se sont dirigés vers les autres professeurs à qui ils ont également serré la main en souriant.

Ensuite, les quatre membres du jury sont retournés s'asseoir à leur table et le chef a saisi le micro.

– Cette année, le vainqueur du concours des Enseignants Aventuriers est…

Immédiatement, j'ai su qu'ils allaient prononcer le nom de mon maître, à cause de ce que je venais de raconter sur lui. Ce qui m'a rendue vraiment, vraiment triste et vraiment, vraiment heureuse en même temps.

– … Mademoiselle Gladys Huffman !

J'ai cru que mes oreilles me jouaient des tours. Mais la maîtresse des maternelles avait dû entendre la même chose car elle s'est avancée jusqu'à l'estrade avec un immense sourire « Je n'en crois pas mes oreilles ! ».

Ses élèves ont sauté sur leurs sièges et ont applaudi comme des fous.

Ce n'était pas une très bonne idée : dès que les énormes livres de droit sont tombés par terre, les fauteuils se sont refermés sur eux comme des alligators.

– Merci-beaucoup-je-n'aurais-jamais-gagné-sans-l'aide-de-mes-merveilleux-élèves, a débité à toute vitesse Gladys Huffman dans le micro. À présent, si vous voulez bien m'excuser, il faut que j'aille leur porter secours!

Et voilà, la cérémonie était terminée.

Mon maître est venu nous voir. Il s'est approché de moi et m'a dit:

– Je te remercie infiniment pour ta remarquable lettre de recommandation, Clémentine.

– Pourtant, vous n'avez pas gagné. Je suis désolée.

Si, si, j'étais réellement désolée tout à coup!

Bon, d'accord, juste un peu.

– Ne sois pas désolée. Je ne regrette rien, moi.

– C'est vrai?

– C'est vrai. J'avais envie de gagner bien sûr, mais quand tu as lu ta lettre, ça m'a fait réfléchir... Mes élèves m'ont incroyablement manqué cette semaine.

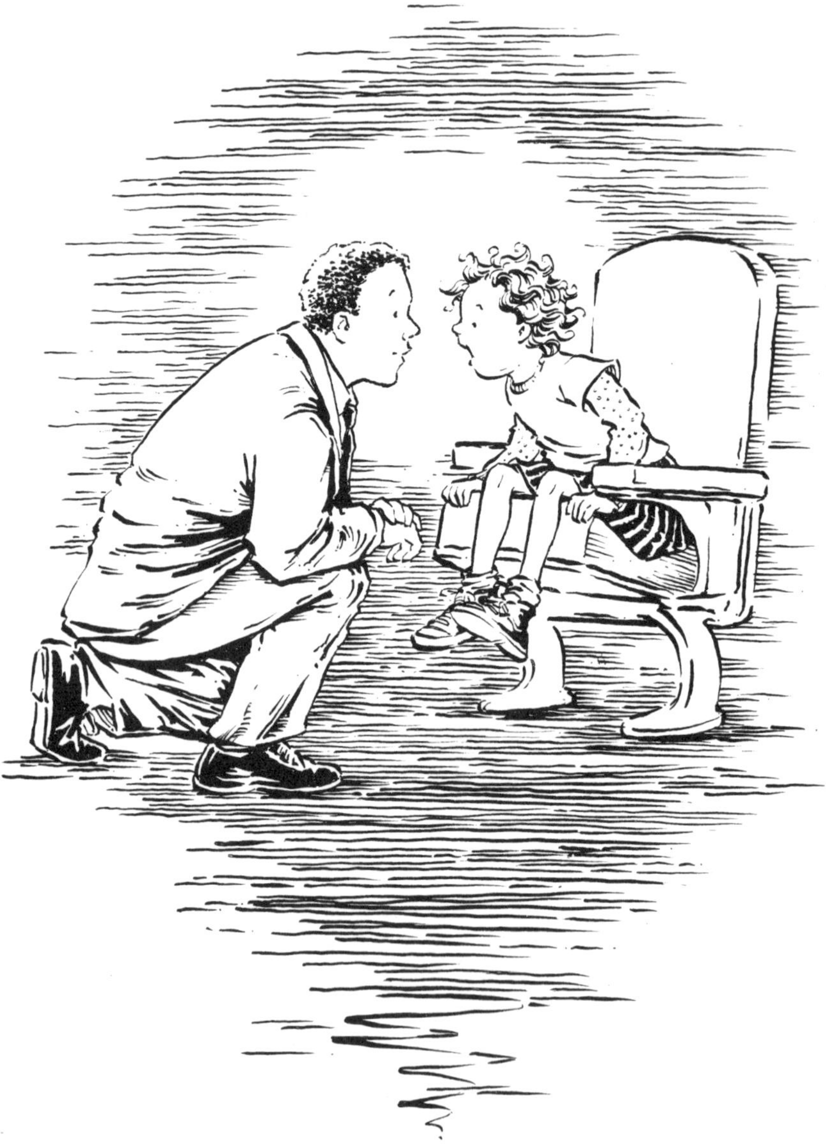

Tout ce que tu as raconté m'a rappelé à quel point j'aime vous faire la classe. On a entrepris ensemble toutes sortes de projets que je n'ai pas envie de laisser tomber. J'avais prévu d'être votre maître cette année, je ne veux pas vous abandonner. Tu avais raison sur toute la ligne. Si j'avais gagné le prix, j'aurais dit au jury que j'étais désolé, mais que je ne pouvais pas l'accepter.

Du menton, il a désigné la maîtresse des maternelles.

– Je suis content qu'elle ait gagné. J'imagine qu'en participant à un chantier de fouilles archéologiques, elle aura un peu l'impression d'être en vacances !

Je me suis tapoté le nez selon notre code secret, ce qui signifiait : « En plein dans le mille ! Bien vu ! »

M. Itiot m'a souri.

– Je suis très fier de toi aujourd'hui, Clémentine, a-t-il déclaré.

Soudain, j'ai eu envie de lui avouer la vérité.

— Vous ne devriez pas être fier de moi, ai-je protesté. Vous ne savez pas ce qui était réellement écrit dans ma lettre.

— Si, je le sais. Je les ai toutes lues ce matin.

— Je ne vous crois pas, c'est impossible. Vous n'avez pas lu la mienne.

M. Itiot a haussé les sourcils avec un air de défi et récité :

— « L'odeur de ses chaussettes pourrait asphyxier n'importe quelle momie et lui en faire perdre ses bandelettes. Le Grand Sphinx s'évanouirait à son approche. »

J'étais bouche bée.

— Mais alors pourquoi... Comment saviez-vous que j'allais...

— Tu te rappelles l'histoire de la maman oiseau ?

Je n'ai pas fait ma grimace « C'est-reparti-pour-un-tour » parce que cette fois, j'avais vraiment envie d'entendre cette histoire. Pourtant il ne l'a pas racontée. À la place, il m'a serré la main d'un air solennel en disant :

— Je savais que tu t'envolerais, Clémentine.

À cet instant, ma crise cardiaque s'est calmée comme par magie. Et vous ne croirez jamais ce qui m'est arrivé ensuite ! J'ai perçu des picotements sur ma peau.

Vous savez pourquoi ?
Je sentais pousser mes ailes !
Bon, d'accord. J'avais juste la chair de poule.

Retrouvez la collection
Rageot Romans
sur le site www.rageot.fr

RAGEOT s'engage pour l'environnement en réduisant l'empreinte carbone de ses livres Celle de cet exemplaire est de :
458 g éq. CO_2
Rendez-vous sur
www.rageot-durable.fr

PAPIER À BASE DE FIBRES CERTIFIÉES

Achevé d'imprimer en France en janvier 2013
sur les presses de l'imprimerie Hérissey
Dépôt légal : mars 2013
N° d'édition : 5818 - 01
N° d'impression : 120050